千年一笔谈

钱 斌 ◎ 著

商务印书馆
The Commercial Press

2012年·北京

图书在版编目(CIP)数据

千年一笔谈/钱斌著.—北京:商务印书馆,2012
(百家讲坛)
ISBN 978-7-100-08996-8

Ⅰ.①千… Ⅱ.①钱… Ⅲ.①梦溪笔谈—研究
Ⅳ.①Z429.441

中国版本图书馆 CIP 数据核字(2012)第 044525 号

千 年 一 笔 谈

钱 斌 著

商 务 印 书 馆 出 版
(北京王府井大街36号 邮政编码 100710)
商 务 印 书 馆 发 行
北京瑞古冠中印刷厂印刷
ISBN 978-7-100-08996-8

2012 年 4 月第 1 版 开本 710×1000 1/16
2012 年 4 月北京第 1 次印刷 印张 13¼
定价:29.00 元

目 录

第一讲 梦溪著述

《梦溪笔谈》是怎样的一本书？

沈括只是一位科学家吗？

沈括为什么会写《梦溪笔谈》呢？

《梦溪笔谈》是在什么地方写成的？

　　大家知道，《梦溪笔谈》是一本笔记体著作，成书于九百多年前的北宋时期，它的作者就是大名鼎鼎的沈括。

　　什么是"笔记体著作"呢？这是古人的一种写作方式，就是像记笔记那样，把自己的所见所闻、所知所想都给写下来。这样的话，写出来的书在内容上就会很庞杂，而且是东一榔头西一棒槌的，非常琐碎。所以人们读这样的书，大多是茶余饭后的消遣，或者是从里面找点八卦新闻之类的东西。这样的书，销量也不会很大，人们也不大注意它。

　　但是《梦溪笔谈》却绝对是个例外。因为它居然是一本畅销书，在当时引起了很大的社会反响。这是怎么回事呢？

《梦溪笔谈》是怎样的一本书？

　　《梦溪笔谈》（简称《笔谈》）很早就受世人的推崇了。甚至在它尚未正式刊行的时候，就有人看到过《笔谈》的书稿，而且开始引用上面的材料。有一个叫王辟之的人，写了一部《渑水

燕谈录》，这是北宋笔记类作品的代表作之一。在书中，王辟之就多处引用了这部当时尚未正式刊行的著作。元祐二年（公元1087年），《梦溪笔谈》正式刊行，立马吸引了当时众多的士大夫和世家大族，他们争相购买、传阅。比沈括晚一代的张耒，是苏轼的门生，苏门四学士之一。他在读了《梦溪笔谈》以后就说，《笔谈》所载"殊有佳处"，意思是说书中有很多好的地方。苏轼与沈括素来不睦，他的学生能这么称赞《笔谈》，足以说明《梦溪笔谈》在当时的影响。所以，《笔谈》就成为当时的一本热门书，并且在畅销榜上流行了一百多年，一直到南宋的中叶。

我们这么说《梦溪笔谈》的畅销情况，有什么依据吗？

有。我们只要一条史料，就足以说明这个问题了。

南宋乾道二年（公元1166年），扬州的知州要重建州学。建学校要钱呀，政府拨款又不够，那怎么办呢？于是决定印书，然后卖书赚钱，来补充经费的不足。他们进行了一番市场调研，决定刊印《梦溪笔谈》。为什么呢？因为这是一本畅销书，社会需求量很大，甚至连政府没钱了，也"往往贸易以充郡帑"，就是靠刊售《笔谈》来填补财政亏空的意思。因此，刊印这本书，可以获得"亡（无）穷之利"；又不要给作者稿费，所以很划算。而这个时候，离《梦溪笔谈》的问世已经近百年了。

一部书能赚这么多钱，能在畅销榜上流行一百多年，可见它受欢迎的程度。这不要说在古代，就是在当代，也算是个奇迹。

那么，《梦溪笔谈》为什么能创造这个奇迹呢？

能够创造奇迹，是因为《梦溪笔谈》在内容上兼顾了学术性和趣味性，材料丰富，而又生动有趣。我们来举几个例子。

第一个例子，是发生在九百年前的一次"天外飞仙"事件。《笔谈》是这么写的：

> 比沈括晚一代的张耒，是苏轼的门生，苏门四学士之一。他在读了《梦溪笔谈》以后就说，《笔谈》所载"殊有佳处"，意思是说书中有很多好的地方。

3

治平元年，常州日禺时，天有大声如雷，乃一大星，几如月，见于东南。少时而又震一声，移著西南。又一震而坠在宜兴县民许氏园中，远近皆见，火光赫然照天，许氏藩篱皆为所焚。是时火息，视地中只有一窍如杯大，极深，下视之，星在其中，荧荧然。良久渐暗，尚热不可近。又久之，发其窍，深三尺余，乃得一圆石，犹热，其大如拳，一头微锐，色如铁，重亦如之。

事件的经过是这样的：有一天，快到中午了，人们突然听到天空中响起了雷鸣般的声音。抬眼一望，只见一颗陨星出现在天空。这颗陨星像月亮一样大小，它带着尖锐的呼啸划过天际，然后轰的一声巨响坠落到地面。接着就是冲天大火，火光映照天空。在古代，陨星坠落可是一件了不得的大事，人们以为是天降灾祸。何况，这颗陨星又是呼啸，又是大火，更带着强烈的恐怖色彩。不过，好奇的人总还是有的。等到大火熄灭，就有人上前探看。在当时，这可是在"玩命"。地面上什么都没有，只有一个杯子口大小的洞。那颗陨星呢，正在里面熠熠发光呢。过了很久，陨星的光才暗下来，这些"探险家们"就去挖洞。谁想到陨星入地很深，人们一直挖了三尺深，才把它给挖了出来。直到这个时候，人们才看清楚这个神秘而又有点恐怖的"天外飞仙"。这个天外来客经过长时间的星际旅行，已经消耗得差不多了。它的个头已经很小，"其大如拳"，是椭圆形的；它的颜色黝黑，有点像铁，重量也和铁差不多。这次"天外飞仙"事件被《梦溪笔谈》客观地记录了下来，成为世界上第一次对陨星的"科学描述"，给我们留下了珍贵的史料。

再来说说第二个例子。这个案例也是发生在九百年前，是一个县官断案的故事。我们看看《笔谈》中的记载：

> 太常博士李处厚知庐州慎县，尝有殴人死者，处厚往验伤，以糟覈灰汤之类薄之，都无伤迹。有一老父求见曰："邑之老书吏也，知验伤不见其迹，此易辨也，以新赤油伞日中覆之，以水沃其尸，其迹必见。"处厚如其言，伤迹宛然。自此江、淮之间官司往往用此法。

有一次，县城里面有人打架斗殴，结果把一个人给打死了。出了人命，这可是大事情，县令就去查案。仵作用油脂和灰汤涂抹在尸体上，但都没有见到伤痕。没有伤痕，就没有证据；没有证据，又怎么给犯罪嫌疑人定罪呢？就在大家一筹莫展的时候，县衙里面的一个老书吏站出来说："大老爷不用为难，这件事其实很容易办到。到中午阳光充足的时候，您叫人撑开一把新的红油伞，然后把尸体挪到伞下面，再把水浇到尸体上，把尸体弄干净，那些伤痕就一定会显现出来。"这算是什么办法呢？不过大家也实在没有别的方法，县令就命令仵作照老书吏所说的去做，那些伤处果然就清楚地显现出来了。

这个老书吏所说的方法，有没有什么道理呢？有的。我们平常所见的太阳光，其实是由红橙黄绿青蓝紫七色混合而成的白光。在这种混合光下，伤处不容易分辨。新的红油伞的作用，就是从太阳光中滤取红色波段光，这种单色光可以提高伤处与周围皮肤的反衬度，从而达到验伤的目的。在法医科技不发达的古代，这个方法是非常简单有效的，当时江淮一带的官府就往往采用这个办法来验伤。

第三个例子，是一个军事秘密。

我们现在看一些文学作品，描写了古人偷袭敌军营寨的情况。一方军队乘着月夜，悄悄掩进到对方营寨附近，然后突然发起攻击；对方毫无防备，仓促应战，结果大败溃逃。其实，在古代，这种偷袭敌军营寨的做法是很难成功的，因为对方可能远在几里外就知道了。这是为什么呢？古代士兵有一种装备，就是装箭用的箭袋。这种箭袋，有的是用牛皮做的。因为牛皮坚韧，所以做出来的箭袋是中空的，有点笨重。白天，士兵们用它来装箭矢；到了晚上，把箭倒出来，还可以放在头下做枕头。正是这个箭袋枕头，暴露了敌军的行藏。《梦溪笔谈》说，中空箭袋"虚能纳声"。这是什么意思呢？箭袋中空，就可以产生共振，把远处微弱的声音放大，甚至连几里外人马走动的声音都能听见。枕着箭袋睡觉的士兵，一听到声响有异，就会爬起来御敌。所以，有了这种装备，要想偷营拔寨而不被敌军知晓，那可不是一件容易的事情。

像陨星坠落、红光验尸、中空箭袋这样的例子，在《梦溪笔谈》中还有很多。《笔谈》涉及了政治经济、哲学历史、军事、科学技术，甚至音乐、诗歌、书画等各个学科领域，可以说，《梦溪笔谈》就是一部百科全书，它是反映北宋社会情况的全景式画卷，这为我们全面了解那个时代提供了许多第一手资料。

尤其值得一提的是，《梦溪笔谈》有三分之一以上的篇幅，记述了自然科学方面的内容，而且有许多原创性的，甚至是领先当时世界的论述。中国影响世界的"四大发明"也有两大发明（活字印刷术、指南针）出现在这本书当中。因此，《梦溪笔谈》就具有了极高的科学研究价值，——这一点特别为当代人所看重。

在《梦溪笔谈》成书以后，就开始有人研究这本书了。南宋

> 可以说，《梦溪笔谈》就是一部百科全书，它是反映北宋社会情况的全景式画卷，这为我们全面了解那个时代提供了许多第一手资料。

的大思想家朱熹，明朝的大医学家李时珍，都曾经探讨和阐发过《笔谈》里面记载的一些内容。到了清朝，《梦溪笔谈》还被收录进《四库全书》子部，作为一本重要的古代典籍保存了下来。在上个世纪中叶，由我国著名科学家竺可桢发轫，研究《梦溪笔谈》和它的作者成为了一门专门的学问，被称为"梦学"。粗略算来，这门学问已有近千年的历史了。现在，"梦学"研究已经不仅仅是咱们中国人的事，很多国家的学者都参与了进来，大家共同努力，去揭示《梦溪笔谈》所反映的北宋时期中国与世界的社会和科技发展的综合情况。

那么，这本书的作者是怎样一个人呢？

沈括只是一位科学家吗？

说起《梦溪笔谈》的作者沈括，在我们大脑中的第一反应就是——他是一位科学家，而且可能还是一位很"牛"的科学家。不错，北宋时期的大多数自然科学门类，沈括都有所涉猎，并且颇有建树。就连后来的《宋史》上也说，沈括"于天文、方志、律历、音乐、医药、卜算"这些学科门类，"无所不能"。一个人能在正史上留下"无所不能"四个字，可以说是绝无仅有了。可见，沈括全面的科学才能，在古代就是大家所公认的。所以，沈括不仅是一位科学家，而且是一位罕见的"科学

沈括像

通才"。李约瑟甚至认为，他是"中国整部科学史上最卓越的人物"，意思是说，沈括是中国古代科技史上的第一人，他把沈括给捧上了天。

但是，"科学家"的称谓对沈括显然是不够的。从对《梦溪笔谈》的研究来看，他在社会科学方面（如考据学、诗歌书画理论等）也是成就斐然，并不见得就比自然科学方面的弱；沈括做过三十年的官，是王安石变法的核心成员之一，因此他是一位政治家和一位改革家；沈括对国家经济的理论很有见地，可以说是一位经济学家；另外，他还参与了北宋的对外战争，颇有战功，可以说又是一位军事家；等等。所以，沈括不仅仅是一位"科学通才"，他还是一位横跨自然科学和社会科学两大领域，并且在理论和实践两个方面都很有成就的"稀世通才"。在世界历史上，能和他比肩的，恐怕只有亚里士多德、达·芬奇等寥寥几人而已。这是我们国人的骄傲。

一个人如此地学识渊博，如此地卓有建树，该怎么定义他呢？在我国古代，这样的人会被称为"杂家"。"杂家"这个称号，现在基本上是说一个人没什么专业，也没什么本事，什么都知道一点，但什么都不精通。然而在古代可不是这样，"杂家"是有着严格的定义的。《隋书·经籍志》说，杂家"通众家之意，以见王者之化，无所不冠者也"，意思是说不仅要精通百家，而且要高于它们，这个要求是很高的。我国古代被称为杂家的，也不是很多。例如尸佼，他是战国时期鲁国人，大改革家商鞅的师傅，后人辑有《尸子》；还有大家比较熟悉的吕不韦和刘安。后来，随着各门学科越来越分化、细化，后世被称为"杂家"的人就更少了。沈括博学善文，艺通百门，当然是一位"杂家"。不仅如此，从现在的研究来看，沈括应该是古代"杂家"

沈括故居对联

中成就最大的一位。

　　九百多年前，沈括把他的全部智慧凝练于笔端，给我们留下了一笔巨大的精神财富——《梦溪笔谈》。在沈括的故居有一副对联，是这样写的：沈酣于东海西湖南州北国之游梦里溪山尤壮丽，括囊乎天象地质人文物理之学笔端谈论自纵横。这是一副嵌字联，上联起始字是"沈"，下联起始字是"括"，把沈括的名字嵌了进去。上联概括了沈括"壮丽"的人生经历；下联描述的是沈括的学识特点，说他"括囊乎天象地质人文物理之学"，并且"纵横"笔端，创作了包罗万象的《梦溪笔谈》。

　　我们有一个疑问。人做事总会有个理由的，那么，沈括"纵横"笔端著述《笔谈》是为什么呢？他是为了求名，还是为了求利呢？

沈括为什么会写《梦溪笔谈》呢?

可能和大家想象的大不一样。沈括著述《笔谈》,既不是为了求名,更不是为了求利,而是迫于无奈,换句话说,他只是为了消遣。而且,沈括在写作的时候,固然是笔端"纵横";但他写作时的心情,却绝对没有那么潇洒。

为什么会是这样呢?

我们归纳了一下,沈括著述《梦溪笔谈》的原因有两个:一是仕途断绝。古代文人,遭到贬黜,然后著书立说,这倒不稀奇。二是家庭不睦。就是有人对沈括使出"家暴",这在古代文人中,倒是有些稀奇了。

我们首先说第一个原因:仕途断绝。

沈括生平有两次入仕的经历。第一次,他到沭阳县当了个主簿(相当于现在的县政府办公室主任),后来又代理了县令之职。不过他这个时候还没有参加科举考试,在宋朝,不参加科举可是没有发展前途的。于是,沈括就辞了职,回去"考功名"。等到他考取进士,再次入仕,已经三十岁了。可是不久,母亲去世,他又回家"丁忧"(守孝),这就又耽误了三年。结果直到四十岁,沈括才真正仕途起步,这算是比较晚的了。

然而有才能的人,终究会显现出来,沈括就是属于大器晚成的那一类。他的政治才干和专业技能,很快受到了宋神宗和王安石的赏识。四年之后,他就从一个昭文馆小秘书,一跃而成为朝廷重臣,做了三司使(相当于现在的国家发改委主任),成为北宋升职最快的官吏之一。三司使又被称为"计相",主持国家的财政和经济政策。史书上说,在当时,朝廷所有的政策措施,"巨细括莫不预",也就是没有沈括不参与的。这时的沈括可谓权势赫赫，风光一时，到了他仕途生涯的顶峰。

　　但是，沈括也不可避免地被卷进当时新旧两党的争斗之中。北宋神宗朝是党争非常激烈的年代。沈括是王安石提拔起来的，王安石的"新法"，很多是沈括负责起草和制订的；这样，不管沈括自己愿意不愿意，他都被认为是新党的重要成员。据《续资治通鉴长编》记载，政敌们（主要是反对变法的旧党分子）指责王安石在朝中培植亲信，有"亲党"三十人，而沈括名列第十五。因此沈括也就成为旧党打击的重要目标，他们想方设法要搞掉沈括。当然，他们打击沈括只是手段，不是目的，他们真正的目的，是要打击王安石。旧党的方法，是剪除羽翼，孤立王安石，最终达到推倒"新法"的目的。不过，只要王安石不倒，就能"罩"着沈括，加上神宗也蛮欣赏他，所以沈括暂时还没有受到影响。

　　然而好景不长，随着王安石被罢相，沈括的厄运就来了。王安石被罢相后仅一年，熙宁十年（公元1077年），沈括就被贬到宣州去做了一个地方官。这个时候的沈括，"官梦"还没有醒。他觉得，虽然王安石被罢相，这个"保护伞"没了，但还有宋神宗这个更大的"保护伞"在呀。旧党攻击他、排挤他，但只要神宗这把"大伞"还在，他终究会有出头之日的，他还可以东山再起。

　　沈括看得很准，神宗心里还是记着他的。三年之后，到了元丰三年（公元1080年），沈括四十九岁的时候，他又被神宗重新启用，被任命为鄜延路经略安抚使（相当于现在的一个军区司令员），负责对西夏的防务。当时北宋和西夏关系紧张，这个任命说明皇帝对他还是蛮信任的。又蒙皇恩，沈括非常兴奋，他整饬军务，巩固边防。闲暇之时，居然还发挥音乐才能，创作了几十首流行歌曲，给士兵们做军歌，来鼓舞士气。

元丰四年（公元1081年），西夏国发生政变。西夏的小皇帝秉常，要向执政的母亲梁氏讨回权力。支持皇帝的帝党和支持太后的后党发生了激烈的冲突，斗争的结果，梁氏幽禁了秉常。这次政变，导致西夏"国内大乱"，政局不稳。对北宋朝廷来说，这可是天赐良机。神宗决定出兵，找了一个讨伐梁太后的借口，要一举荡平西夏。北宋出兵五路，浩浩荡荡开赴前线。五路大军有胜有负，但是沈括所属的部队取得了重要胜利，这使得北宋处于对西夏的战略优势。因之，沈括受到朝廷嘉奖，元丰五年（公元1082年）二月，他由龙图阁待制升为龙图阁直学士。宋朝的龙图阁学士是一种荣誉称号，有点像现在的中央政治局，分为学士、直学士、待制、直阁等几等。大名鼎鼎的包拯，就是龙图阁直学士。沈括这时候大体上是从政治局候补委员成为政治局委员了。对于沈括来说，他终于重回政界高层，仕途之路终于又重现光明了。

但是不久，命运就和沈括开了一个残酷的玩笑。元丰五年（公元1082年）八月，前敌将军徐禧不受指挥，坚持选择永乐（今陕西米脂）筑城囤守。永乐处在北宋和西夏交界处，地势险要，易守难攻。但是城中缺少水源，在军事上属"必死之地"，所以遭到西夏大军的断水围攻。这个战役有点像三国时期马谡"失街亭"故事的翻版，不过徐禧可没有马谡那么幸运，他没有冲出来，结果战死沙场。此战损失军士2万，民夫无算，是北宋历史上较大的惨败之一。这还不是主要的，更为重要的是，战役的失败，使得平灭西夏、重新统一的大好形势被彻底葬送。

战后追究责任，沈括倒没有直接责任，因为指挥作战的不是他。但沈括毕竟负有领导责任——谁叫你是头儿呢？再有，这样的惨败，神宗总得对臣民们有个说法。他需要一个替罪羊，来承担挑动战争和战争失败的责任。倒霉的沈括就成了这个替罪羊。

宋神宗发怒了，将沈括贬为均州（今湖北均县）团练副使。沈括的人身自由也受到了限制，他不能随意外出，也不能随意会见亲朋好友，实际上就是被软禁起来了。在他的后半生，再也没有被朝廷重新起用。

这个时候的沈括，"官梦"才醒。他明白了：皇帝再也不信任他了，这把"大伞"再也不会"罩"他了。沈括的政治生命也就宣告完结了。

沈括曾经写过一首诗，反映了他这个时候的心情。诗文是这样的：

经旬花雨喜新晴，

病马缘畦取次行。

老态只应随日至，

春心无意与花争。

山川满目浮烟合，

楼阁侵天暮霭横。

嗟我有身无处用，

强携樽酒入峥嵘。

连绵细雨过后，大地一片春意盎然。沈括呢，他却骑着一匹"病马"，行走在百花盛开的田野。一年之计在于春，本是奋发有为之时，但沈括却"有身无处用"。每日里，他只能哀叹自己日渐衰老，借酒消愁罢了。从诗中我们可以体味到沈括凄凉、无奈的心境。

蒙冤被屈，仕途断绝，这对沈括来说是一个沉重的打击。古

代的文人士大夫，在这种时候可能会笑傲江湖，到处旅游；也可能会弃儒从医，继续自己济世救民的理想；或者就是著书立说，阐发自己的思想和主张。对沈括来说，前两个他都不能去做，因为他是被软禁起来了，没有人身自由。后一个倒是他的一种选择。不过，推动他选择著书立说的还有一个原因：家庭不睦。

家庭一直是很让沈括"纠结"的问题。据《萍洲可谈》记载，沈括先后有两位妻子。第一位妻子早亡，第二位妻子叫张氏。张氏的父亲叫张刍，在北宋曾做过省部级的大官。张刍对沈括的仕途之路产生了重要影响，正是由于他的推荐，沈括才得以进入昭文馆当了小秘书，而后步步高升。可以说，张刍是沈括命中的贵人。张刍很欣赏沈括，不仅推荐沈括入仕做官，还把自己的宝贝女儿嫁给他做了继室。可就是这位恩人之女，让沈括的后半生充满了噩梦。

北宋有两个出名惧内的人，一个叫陈慥，另一个就是沈括。两人同处一个时代，年纪也相差不大，我们可以把两人怕老婆的程度做个比较。

关于陈慥，有一个"河东狮吼"的故事。陈慥号龙丘居士，他和苏轼既是同乡，也是好友。陈慥在家里养了一群歌妓，组建了一个小型的歌舞团。这在北宋年间，也不是一件了不得的事。有一次，苏轼来了，陈慥就以歌舞宴客，有点像我们现在招待客人进歌厅的意思。陈慥的妻子柳氏，性情暴躁凶妒。她见老公在客厅"花天酒地"，就醋性大发（其实也是可以理解的），在后堂大喊大叫，还用拳头用力捶打客厅墙壁。这边正是欢歌宴舞，突然听到咚咚的捶墙声，紧接着又听到柳氏的叫骂声，弄得陈慥很是尴尬。陈慥很怕柳氏，也不敢拿老婆怎么样。于是苏轼就赋诗一首取笑这位朋友：

张刍很欣赏沈括，不仅推荐沈括入仕做官，还把自己的宝贝女儿嫁给他做了继室。可就是这位恩人之女，让沈括的后半生充满了噩梦。

> 龙丘居士亦可怜，
>
> 谈空说有夜不眠。
>
> 忽闻河东狮子吼，
>
> 拄杖落手心茫然。

诗里面用"河东"指代柳氏，因为柳姓的"望郡"（也就是祖籍）是河东，所以我们对唐朝著名诗人柳宗元也是用柳河东代称之。这首诗翻译成白话是这样的：

> 我的朋友真可怜，
>
> 高谈阔论忘睡眠。
>
> 忽听老婆一声吼，
>
> 手杖落地心发抖。

苏轼不愧是大家，他寥寥几笔，就刻画出正在高谈阔论的陈慥听到老婆斥骂声后惊慌失措的可笑神态，反差强烈，幽默至极。后来这个故事被南宋的洪迈写进《容斋随笔》。《容斋随笔》是一部很有名的笔记作品，毛泽东晚年很喜欢读它。由于《容斋随笔》的影响，"河东狮吼"就成了怕老婆的代名词。

这是陈慥夫妇。那么沈括夫妇呢？

同陈慥和柳氏相比，沈括的夫人张氏可比柳氏更加凶悍，而沈括自己也比陈慥更加惧内。张氏的跋扈到了令人发指的地步，她不仅"狮子吼"，甚至动上了手，上演全武行。有一次沈括不知为何惹怒了张氏，张氏冲上来一把就揪住了老公的胡子。沈括下意识躲闪着，张氏紧紧拽着胡子就是不松手；沈括急了，拼命往后一挣，顷刻间胡子和下巴就分了家，下巴鲜血淋漓。这之

后，沈括对老婆是怕到了极点。陈慥听到老婆一声吼，还只是"心发抖"；沈括见到老婆，就会浑身战栗，体若筛糠。

永乐兵败以后，沈括第二次被贬，连人身自由都没有了。张氏可能也受到了很大的刺激，她觉得老公没能耐，自己受到了牵累，就经常发飙，来发泄自己的情绪。张氏不仅赶走了沈括前妻所生的儿子，对沈括时常施以"家暴"；还经常到当地政府去状告自己的老公，说他对自己不好。张氏的所作所为让沈括非常尴尬。他又不敢把妻子怎么样，只好躲进书斋，尽量不和夫人见面。平时他能谈话聊天的对象，"唯笔砚而已"，非常寂寞。

没有了人身自由，没有了家庭的和睦，沈括只有把自己的一腔心血倾注笔端，进行"笔谈"。宋人本就有做笔记的习惯，而这种方式又特别适合沈括这位大杂家的学识特点，所以《梦溪笔谈》也就应运而生了。

> 没有了人身自由，没有了家庭的和睦，沈括只有把自己的一腔心血倾注笔端，进行"笔谈"。

《梦溪笔谈》是在什么地方写成的？

一部伟大的著作，竟然是在这种情况下诞生的，不免有点匪夷所思。

那么，《笔谈》为什么被称为《梦溪笔谈》呢？"梦溪"指的是《笔谈》诞生的地点——梦溪园。这个梦溪园的原址，就在现在的江苏省镇江市京口区。我们的问题来了，沈括为什么找了这样一个园子呢？这个园子又为什么叫"梦溪"呢？

沈括曾经专门写过一篇文章，讲述了一个神奇的故事，回答了上述问题。

在沈括三十几岁的时候，他曾经做过一个梦，梦见自己来到了这样一个地方：他登上了一座小山。山上花木绽放，如织锦覆地；山下溪水"澄澈极目"，岸边树影倒映水中。这是一个比世外桃源更加美丽的地方，沈括非常喜欢，"将谋居焉"，就是打算找像这样的一个地方居住。有意思的是，打那以后，这个美景就会时常出现在沈括的梦中，有时一年一两次，有时三四次。十多年后，沈括做了宣州知府。有个道士前来拜访，沈括接待了他。不想这个道士是一个"房产经纪人"，他对沈括说，在镇江的京口有人在出售一个园子，那个地方有山水美景，问沈括要不要购买。沈括一来拉不下面子，二来手上还真有点钱，于是就花重金买下了这个园子。但沈括一直奔波于仕途，他买下了房产，自己竟然都没去看一下。又过了一些年，沈括因永乐城兵败事件被贬。他辗转来到了镇江，回到了自己早年购置的这座园子。他发现这里居然就是自己梦中常游之地，不禁叹息说："吾缘在是矣！"——缘分啊！于是决定在此定居。这个园子里面有一条小溪，正是沈括梦中所见，所以就称之为"梦溪"。那这个园子，自然就叫"梦溪园"了。

当然，沈括在文章里面，不免有些夸张的成分。他要表达的意思，实际上是说，自己从三十几岁开始正式步入仕途，多年宦海沉浮，宛如南柯一梦。一个"梦"字，道出几多沉重、几多辛酸、几多委屈！三十多年以后，在这个以"梦"为名的地方，他的梦却醒了，他开始找回自我了。

梦溪园

梦溪园本来景色就不错，沈括定居以后，又搞了一点装潢，景致就更好了。与沈括同时代的名僧仲殊，曾经来过此处，他写了一首词来称赞园区的美景：

南徐好，

溪上百花堆。

宴罢歌声随水去，

梦回春色入门来，

芳草遍池台。

在这"溪上百花堆"、"芳草遍池台"的好地方，沈括居住了八年，六十五岁病逝，而后归葬钱塘。他的家人则继续在梦溪园居住，不过园子却逐渐荒芜了。到了南宋嘉定年间，郡守赵善湘支持沈家的后代予以修复。后来此园为一伍姓人家占去，到了元代又转属于真州都督严泰壹家。清时梦溪园景色较胜，且多有人题咏，"梦溪秋泛"成为当时京口二十四景之一，后荒芜以致湮灭。现在镇江的梦溪园，是建国以后修缮的。

沈括自称梦溪丈人，想在梦溪园安享他的晚年。但是，张氏的家庭暴力，打碎了他的美梦。他不得不蜷缩进书斋，与笔砚作谈，来排遣心中的寂寞与哀婉。这些笔谈的材料，汇集成册，冠以"梦溪"之名，就是《梦溪笔谈》。

说到这儿，大家也许对沈括充满了同情。沈括自己呢，他是怎么看待这件事的呢？在他写作《梦溪笔谈》的时候，那是脸上有伤、心中有泪，耳边还时常回荡着"狮子吼"，但他的笔下却不乏幽默诙谐。我们截取《笔谈》中的几则笔记来看看。

一则是沈括亲耳所闻。

关中无螃蟹。元丰中予在陕西，闻秦州人家收得一干蟹，土人怖其形状，以为怪物，每人家有病疟者则借去挂门户上，往往遂差。不但人不识，鬼亦不识也。

过去关中地区没有螃蟹。有人不知从哪儿弄到一只干螃蟹，当地人见那张牙舞爪的样子，以为是怪物，很害怕。后来看到螃蟹的两只眼睛向外凸凸着，有点像传说中的钟馗，就用它来驱鬼。当时人们认为疟疾是鬼在作祟，每当哪个家中有人害了疟疾，就把干蟹借去，挂在门上，而屋里人的疟疾病往往就好了。沈括开玩笑说，看来，这只干蟹"不但人不识，鬼亦不识也"，被吓跑了呀！

一则是沈括的推论。古书上形容一个人的体貌特征，往往会滥用数字，又不加斟酌，结果就会闹笑话。比如防风氏，这是大禹时期的一个部落领袖，古书上说他"身宽九亩，高三丈"。沈括在数字上较了真。他说，即便是按照周代制度，一亩宽六尺，九亩就是五丈四尺。计算结果：防风氏身高三丈，体宽倒有五丈四尺。沈括开玩笑说，看来，这个有名的防风氏的身材，"乃一饼馂耳"，竟然就像一张大饼呀。

还有一则笑话。有人给孙甫（北宋大臣）送来一块名贵的砚台，价值三十千钱，想要行贿。孙甫不想要，但也不好推却，就问行贿的人："这个砚台有什么好的？"那人说："这块砚台与众不同，它的石质润泽，您要用的时候，只要呵口气就有水流出来研墨写字啦。"孙甫哈哈一笑，说："我就是呵一天的气，大概也只能呵出一担水，才值三个大钱，费这个事干吗？"装傻充愣，顺势就推掉了贿赂。

《梦溪笔谈》中的这些内容，读来令人忍俊不禁。一个遭遇

不幸、身处逆境的人，依然能够保持这样的乐观心态，真是很不容易。也许，就是因为有了这样笑对人生的积极心态，所以沈括在写作的时候，才能够始终保持严谨的态度和缜密的思维，使得《笔谈》中的叙述具有较高的质量，从而成就了这部伟大的著作。

那么，沈括究竟是如何写作《梦溪笔谈》的呢？请看下一讲《草根情结》。

第二讲 草根情结

《梦溪笔谈》有着怎样的著述原则？

沈括为什么要确定《梦溪笔谈》的著述原则？

为什么说关注草根成就了《梦溪笔谈》？

是谁发明了活字印刷术？

上一讲我们说到，由于仕途断绝和家庭暴力，沈括不得不躲进书斋，潜心著述。他一共写了609则长长短短的笔记，最后合成了一部《梦溪笔谈》。

我们的问题来了，这么多则笔记，而且内容又是那么丰富，沈括都是怎么去写的呢？

《梦溪笔谈》有着怎样的著述原则？

在《笔谈》的"自序"里面，沈括写了这么一段话：

予退处林下，深居绝过从。思平日与客言者，时纪一事于笔，则若有所晤言，萧然移日。……圣谟国政，及事近宫省，皆不敢私纪；至于系当日士大夫毁誉者，虽善亦不欲书，非止不言人恶而已。所录唯山间木荫，率意谈噱，不系人之利害者；下至闾巷之言，靡所不有。……以之为言则甚卑，以予为无意于言，可也。

这段话写得很隐晦，我们来分析一下。概括来说，沈括的著述原则就是两个"不写"和一个"写"。所谓的两个"不写"，一是事关国家大政、宫廷禁忌方面的内容他不写；另一个是涉及当代官员们利害关系、是非善恶的事，他也不会去写。那么沈括要写的都是些什么呢？沈括说，他这部《笔谈》，"所录唯山间木荫，率意谈噱，不系人之利害者；下至闾巷之言，靡所不有"，也就是说，他要写的只是那些流传在草根阶层的、"上不得台面"的事情。

这样的一个著述原则，可以说是一个破天荒的"宣言"：沈括宣称自己的眼睛不是往上面看，而是往社会的底层去看，去关注草根，去反映他们的生活、他们的思想、他们的成就。我们知道，在古代社会，草根阶层从来都是被文人所鄙视的。一个士大夫敢于宣称自己只记录草根们的事情，这是很了不起的。

回顾沈括的一生，甚至在很年轻的时候，他就有这种"草根情结"了。青年时期的沈括曾经写过一篇叫《乐论》的文章，在文中他就说："至于技巧器械，大小尺寸，黑黄苍赤，岂能尽出于圣人？百工、群有司、市井田野之人，莫不预焉。"这段话的意思是说：那些技巧、器械、尺寸、颜色，难道都是圣人们制订出来的吗？那些工匠们、小吏们、市井田野之人，没有不参与的。把草根和圣人们相提并论，表现出他对草根的重视、尊重和推崇。而沈括的著述原则，就使得他的《梦溪笔谈》和别的文人笔记有了很大的不同，具有了明显的草根倾向。

我们举一个例子。

在宋人的笔记里，很多都记载了这样一个故事：

吴越国的时候，吴王钱俶命令匠师在杭州的梵天寺建一座木塔。这个吴王是个火急火燎的性子，木塔刚建了两三层，他

> 沈括宣称自己的眼睛不是往上面看，而是往社会的底层去看，去关注草根，去反映他们的生活、他们的思想、他们的成就。

就兴致勃勃地去现场查看。他爬到塔上，周围景致很好，果然是水光潋滟，山色空蒙，他很满意，不过脚下却有点摇摇晃晃的。这是怎么回事呢？一旁的匠师赶紧解释说："这是因为塔还没有建好，塔顶还没有盖瓦，现在是上轻下重，所以塔会有点晃。"等到木塔建好以后，匠师自己爬上去，发现脚下还是摇摇晃晃的。这下匠师可着急了。木塔摇晃，这可是一个工程质量问题。在专制社会，处理工程质量问题的方法很简单：杀头！吴王正等待木塔完工后登顶视察，可怎么向他交差呢？就在匠师为自己的脑袋担忧的时候，一个手下跑来告诉他："喻皓到咱们杭州来了。"

喻皓是何许人也？喻皓可不简单，他是当时一位很著名的工匠，而且特别擅长造塔。据欧阳修在《归田录》里说，喻皓曾经在开封主持修造了开宝寺木塔。当时的造塔要求是：塔高360尺，分11层——这是一个庞大的建筑工程。喻皓把木塔的建造模型呈送上去，大家一看，不禁大惊失色。怎么回事呢？原来这个模型的塔尖是斜的，喻皓要造一座斜塔。这怎么行！喻皓解释说：开封的西北风很大，而塔基的背面数十步之外就是五丈河，地基柔软。木塔建好以后，西北风常年这么吹着，就可以把塔给"吹"正了。

有人问他："这要多少年呀？"

喻皓回答说："大概要一百年。"

"那这座木塔可以存在多少年呢？"

喻皓很肯定地说："此可七百年无倾动。"

后来过了几十年，人们发现，木塔的塔尖果然被西北风吹得"正"了一些（倾斜度减小）。

在意大利有座比萨斜塔，大概比开宝寺木塔晚一到两百年，由于是石质的，所以一直保存到现在，被联合国教科文组织评选为世界文化遗产。不过比萨斜塔可不是像开宝寺木塔那样故意造斜的，而是因为没有注意到地基问题，导致了倾斜，结果歪打正着，成了一处名胜。开宝寺木塔则不同，它充分考虑了周围的环境因素，主动造成一座斜塔，由此可见喻皓的建塔技艺是多么高妙！

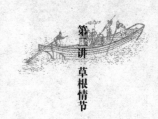

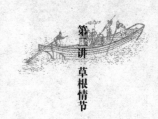

现在，这位造塔高手来到了杭州，匠师就像抓住了一棵救命稻草。可是匠师是一个极好面子的人，他想：我可是吴越国工匠界的老大，去求教喻皓，这要是传扬开去，我还怎么做人？但是毕竟性命攸关。怎么办呢？匠师就叫自己的妻子，带着礼物，去见喻皓的妻子，展开"夫人外交"。喻皓听妻子说了这事，笑了："这有何难？只要在塔内逐层铺上木板，然后再用钉子把楼板钉实，塔就不会动了。"匠师依法施为，木塔果然就不晃了。

喻皓是当时家喻户晓的传奇人物，社会上流传着许多关于他的传说。很多文人都把喻皓的故事记了下来，沈括也是这样。不过，沈括和别人不一样的地方，就是他还兴致勃勃地探讨了这个社会底层人物为什么会这么做。

喻皓的办法有什么道理呢？沈括在《笔谈》里是这样解释的：匠师造的木塔，每一层有四个墙面，但这是一个不稳定结构，容易变形，所以人踩上去就会摇晃。喻皓的办法，加上了一个顶面和一个底面，这就有了六个面；然后再用钉子钉牢楼板，把六个面连缀起来，形成一个立方体。这个结构就像箱子一样，非常稳固。人踩在塔板上，由于六个面都用了力，可以相互扶持，塔自然也就不会摇晃了。

喻皓还写了一部《木经》，讲解了营造房屋的办法。他把房屋结构分为上、中、下三个部分，然后按照尺寸比例来安排各个

很多文人都把喻皓的故事记了下来，沈括也是这样。不过，沈括和别人不一样的地方，就是他还兴致勃勃地探讨了这个社会底层人物为什么会这么做。

25

构件，同时注意各部分之间的协调。这种房屋设计，无论从实用方面，还是从审美角度来看，都不失为一种最佳方案。——这是一部非常重要的技术著作。然而，喻皓再有能耐，他也只是一个匠人，属于"草根阶层"，他的书在封建社会是不受重视的。所以，文人们记述喻皓大都是出于猎奇，而对于他的《木经》却很少关注。沈括可就不一样了，他不仅记述了喻皓的事迹，还在《笔谈》中对《木经》进行了评述。《木经》早已失传，我们现在所能看到的，就只有沈括在《梦溪笔谈》中所摘录的几句。昆山片玉，越发值得珍视，由于沈括的草根情结，他为我国建筑科技史留下了极为宝贵的史料。

那么，沈括在写作《梦溪笔谈》的时候，为什么要确定这样一个著述原则呢？

沈括为什么要确定《梦溪笔谈》的著述原则？

前面我们说到，沈括的著述原则里有两个"不写"。照理说，一个曾经在朝廷身居要职的人，而且还受到过一些不公正的待遇，他退下来以后，总会有些话要说，有些牢骚要发的。可是沈括却不是这样，他统统不说，统统不写，这是为什么呢？

理由很简单：避祸。

沈括所处的时代，文祸时有发生。例如苏轼。苏轼是一个性格豪放的人，因与王安石政见不同而被贬为杭州通判。但他依然通过自己的诗文来表达心意，发泄不满，甚至还讥讽朝政。如他在诗中写道："岂是闻韶解忘味，尔来三月食无盐。"意思是说老百姓吃春笋没有味道，原因是三个月都没有吃盐了，这是埋怨官盐的价格太昂贵。北宋开国以来，朝廷实行官盐专卖，以增加

国库收入。苏轼批评朝政苛刻，致使百姓三月无盐。结果，有心人搜集他的诗文，罗织罪名，将他逮捕入狱，史称"乌台诗案"，苏轼差点儿被砍了头。

殷鉴在前，沈括能不警醒吗？在沈括著述《笔谈》的时候，新党已经失势，旧党正在千方百计找他们的茬儿；而沈括自己又失去了神宗的信任，他能不小心吗？而写一些草根之事，人家就挑不出他的毛病了，这也是无奈之举。不过，我们注意沈括在"自序"中的这样一句话："以之为言则甚卑，以予为无意于言，可也。"这句话有些拗口，意思是说：《笔谈》的内容作为谈资是十分低下的，但是如果说我记下的这些话题没什么其他意图，那总可以了吧。这话直抒胸臆，表达了他的不满情绪，可见沈括在心理上也是愤愤不平的。

而这样的著述原则，对《梦溪笔谈》可就产生了深远的影响。我们总结一下，这样的影响可以概括为"一失"和"一得"。

先说"一失"。

我们研究一个历史人物或者历史事件，要有第一手资料，而且最好是当事人自己写下来的，这样才能还原真实的历史。沈括在神宗朝曾经进入过权力高层，他是推动王安石变法的重要人物之一。在那个大变革的年代，沈括是怎么想的，又是怎么做的，他有什么心得体会呢？由于著述原则的限制，我们从《梦溪笔谈》中很难看出来。

我们举一个例子。

神宗年间，宋辽一度发生边界争端。熙宁八年（公元1075年），辽使萧禧来见神宗，称河东路黄嵬一带是辽国的土地，现被宋朝占领，请求归还。萧禧说得有板有眼，还拿出了辽宋签订的有关条约文本作为证明。他态度十分强硬地说：你们必须马上

在沈括著述《笔谈》的时候，新党已经失势，旧党正在千方百计找他们的茬儿；而沈括自己又失去了神宗的信任，他能不小心吗？而写一些草根之事，人家就挑不出他的毛病了，这也是无奈之举。

27

把黄嵬一带归还我大辽，否则由此引起的一切后果完全由你们承担。

北宋和辽国的关系，从来只有辽国侵宋地，哪来北宋占辽土呢？北宋朝廷上下很明白，这是一次挑衅，但是如何对待呢？是继续委曲求全，还是奋起抗争？朝中大臣意见不一，争吵不断。这时候，沈括站了出来。他对心烦意乱的神宗说：臣仔细查阅研究了资料。近年来，我朝与辽国所签订的所有条约，准确的边界应该是以古长城为国界；而辽使所讲的黄嵬是位于长城以南三十里的一个名不见经传的小地方，它理应是我朝的领土。辽人是欺负我朝无人知道黄嵬的准确位置，才故意挑起边境争端的。臣请求皇帝准许，让我出使辽国，凭着三寸不烂之舌跟辽人辩明是非曲直。沈括还把有关的材料拿出来让神宗过目。宋神宗看过后，喜形于色，于是任命沈括为特命全权大使出使辽国，去就黄嵬一带的归属问题进行谈判。

沈括这次出使，事关国土安全，责任重大。进入辽境以后，他的随从来报告："大人您看，辽国方面来迎接我们的人，居然带了几口棺材来。"果然，对面辽国的队伍里面，有几辆车装载着棺材。这一下，气氛立时紧张起来。这不是以死相威胁吗？直到后来，沈括他们才知道这样一件事：

> 天圣中，侍御史知杂事章频使辽，死于虏中，虏中无棺椟，舆至范阳方就殓。自后辽人常造数漆棺，以银饰之，每有使人入境则载以随行，至今为例。

原来仁宗年间，有一个叫章频的，在出使辽国的时候病死了。草原民族没有棺材，结果章频的遗体一直送回大宋境内才入殡。打那以后，每当有宋使入境，辽国就备好几口棺材，装上车，跟着宋使的队伍走，以免出现意外。不过，辽人虽然好心，但这怎么说都不是一个适当的外交礼仪；再加上沈括这次使辽，关系到两国是否开战，这样做，就更不合适了。

而沈括呢？一笑置之，昂首前行。于是，在世界外交史上，就出现了这样一支奇怪的谈判队伍：前面是对方国家的使节，后面跟着的是另一国给他们准备的棺材。队伍逶迤前行，来到了辽国的首都上京。

接下来的谈判过程，后人李焘在《续资治通鉴长编》里做了详细的记录。我们根据李焘的记述，还原一下当时的情况。

在正式谈判之前，沈括把带来的条约副本和北方边界的地名、位置等内容分发下去，让随从们熟读，还要求他们背得滚瓜烂熟。有了这样充足的准备，在谈判中，随员们都能讲得头头是道，无懈可击。双方共谈了六次，每次谈判，环坐旁听者多至千人。这么多人，虎视眈眈地盯着宋使团。在这样的压力下，沈括始终处之泰然，对答如流，不为所屈。辽人无所得，终于恼羞成怒，便以宋辽和盟威胁道："数里之地不忍，终绝于好，孰利？"——连几里的土地都舍不得割让，难道宋朝就这样轻易地和辽朝断绝友好关系吗？面对辽国方面的恐吓，沈括毫不屈服，断言答曰："今北朝弃先君之大信，以威用其民，此遗直于我朝，非我朝之不利也！"这句话翻译过来的意思是：你们辽国背弃自己祖先的信义，置以前签订的条约于不顾，想强占我大宋的土地，并且不惜以武力相威胁，恐怕不能说是名正言顺吧？辽国的老百姓恐怕也未必会为了这几里大小的土地就愿意和我们大宋朝开战吧？大宋虽然软弱，但也未必就怕和你们辽国打仗吧！沈括讲得气势恢弘，而又鞭辟入里，彻底地揭穿了对方的无赖嘴脸。

辽国方面说理无理，威胁无效，"知不可夺，遂舍黄嵬"，放弃了无理要求。在当时敌强我弱的严峻形势下，沈括利用档案赢得了谈判的胜利，既未造成战争局面，又未丧失一寸国土，这在世界外交史上都可以称得上是一个奇迹。

但是后来，令人遗憾的是，宋神宗最终却没有顶住压力，还是把黄嵬一带的土地割让给了辽国。满腔热忱地去办事，而且办成功了，并且维护了国家的尊严和国土的安全。可是这些成果最终还是因为皇帝的软弱而丧失了，沈括焉敢再提此事呢？这不等于抽皇帝的嘴巴子吗？只是这样一来，我们只能从一些其他资料而不是《梦溪笔谈》来了解沈括惊心动魄的"辽国之旅"了。

为什么说关注草根成就了《梦溪笔谈》？

在"一失"的同时，《梦溪笔谈》还有"一得"。

我国古代的正史，记载的往往都是一些"政界要人"、"国家大事"，而对于基层官吏、平民百姓却往往忽略不计。《梦溪笔谈》却不是这样，它关注的就是那些草根。这样，它就保存了一些资料，弥补了正史的不足，向我们展示了历史最真实的画面。因此，《笔谈》具有了很高的史料价值，它记载的材料也受到高度重视。换句话说，草根情结成就了《梦溪笔谈》。古语有云，失之东隅收之桑榆，这可以算是《笔谈》的"一得"了。

我们举两个例子。

一个例子，是发生在北宋初年的王小波、李顺起义。这次起义，在我国农民革命战争史上很有名，因为它第一次明确地提出了"均贫富"的口号，把斗争矛头指向了不平等的封建分配制度。在起义过程中，王小波战死，大家推李顺为领袖。义军队伍

在当时敌强我弱的严峻形势下，沈括利用档案赢得了谈判的胜利，既未造成战争局面，又未丧失一寸国土，这在世界外交史上都可以称得上是一个奇迹。

后来达到几十万人，几乎占领了整个四川。这次起义前后持续了两年多，后来被朝廷镇压下去，李顺也被枭首示众。这是正史的记载。

不过，《笔谈》却提供了另外两则材料，暴露了这次起义的一些真实情况。

一则材料，是三十年以后，李顺在广州被捕斩首。这样就是说，当时被枭首示众的是一个假的李顺，是统军将领为了邀功求赏而做的假。不过朝廷是怎么处理这个案子的呢？"朝廷以平蜀将士功赏已行，不欲暴其事，但斩顺"而已。也就是说，朝廷为了颜面，也只好大事化小、小事化了，把事情给掩盖了。

沈括能够记下这则材料，以事实来揭露当时朝政的腐败，算是有点胆量了。不过他还有一个更大胆的动作，就是他记下了另外一则材料。

这第二则材料，是关于起义军的政策措施的。

王小波、李顺为什么那么受百姓拥戴，队伍能发展到几十万人呢？正史里面根本就不愿说，也不敢说。但是沈括却从草根层面道出了其中的真相：

> ……有李顺案款，本末甚详。顺本味江王小博之妻弟，始王小博反于蜀中，不能抚其徒众，乃共推顺为主。顺初起，悉召乡里富人大姓，令具其家所有财粟，据其生齿足用之外一切调发，大赈贫乏，录用材能，存抚良善，号令严明，所至一无所犯。时两蜀大饥，旬日之间归之者数万人，所向州县开门延纳，传檄所至无复完垒。及败，人尚怀之，故顺得脱去三十余年乃始就戮。

> 沈括能够记下这则材料，以事实来揭露当时朝政的腐败，算是有点胆量了。

文中的王小博就是王小波。沈括说，他看过李顺一案的卷宗。按照卷宗的记载，起义开始以后，李顺把乡里的富人大姓们召集起来，要他们报出家中所有的财物和粮食，然后除按人口留够吃用的以外，其余的统统征调，用以赈济贫民。这就是"均贫富"的政策。当时，两蜀地区正在闹饥荒，十多天之内，归附李顺的就达数万之众。而且，义军能够任用有才能的人，保护好人；号令严明，所到之处对老百姓秋毫无犯。这样的队伍，当然深受百姓拥戴，所以"所向州县开门延纳，传檄所至无复完垒"——一张小小的通告就能攻下城池，可见义军受欢迎的程度。

王小波、李顺起义的主要原因，是当时北宋朝廷在四川地区实行的国家专卖制度。这是一些与民争利的政策。政府设立"博买务"垄断布帛贸易，禁止个体农民和小商贩自由买卖，这使得农民不断丧失家业田产，越来越贫困，许多小商贩也被迫失业。朝廷还把茶叶划入专卖，对茶农低价购茶，高价卖米，使广大茶农纷纷破产，生路断绝。太宗淳化四年（公元993年），四川一带大旱，造成大饥荒。农民在天灾人祸的逼迫下，终于奋起反抗，发动了武装起义。王小波、李顺的队伍，由于实行了"均贫富"的政策，满足了广大民众的需求，因此非常受欢迎。即便是后来起义失败了，人们也还感念李顺。由于百姓的掩护，李顺得以逃脱，直到三十多年后才被捕斩首。

像李顺这样的"巨寇"，在正史里面是不会有一席之地的。但是沈括却把这个草根写进了他的《梦溪笔谈》，而且他还秉承了司马迁以来史家的优良传统，给我们还原了一个"官逼民反"的真实图景。

我们再说另外一个例子，关于"澶渊之盟"签订的内幕，这也是一个小人物的故事。

> 像李顺这样的"巨寇"，在正史里面是不会有一席之地的。但是沈括却把这个草根写进了他的《梦溪笔谈》，而且他还秉承了司马迁以来史家的优良传统，给我们还原了一个"官逼民反"的真实图景。

北宋景德元年（公元1004年），辽军大举南犯，一路势如破竹。宋真宗在寇准的力主之下，亲率主力与辽军对峙，宋军士气大振。由于南侵受阻，决战又没有必胜的把握，辽国主政的萧太后就有意和谈了。这一下正合真宗的心意——他这个"御驾亲征"的皇帝其实心里面也很害怕，于是派大臣曹利用为使节，到辽营去和谈。曹利用到了边境的大名府，恰巧大名被辽军包围，一时间出不了城。

接下来，沈括在《笔谈》里记录了这样一段史实：

> 朝廷不知利用所在，又募人继往，得殿前散直张皓，引见行在。皓携九岁子见曰："臣不得虏情为报，誓死不还，愿陛下录其子。"上赐银三百两遣之。皓出澶州，为徼骑所掠，皓具言讲和之意，骑乃引与俱见戎母萧及戎主。萧寨车帏召皓，以木横车轭上令皓坐，与之酒食，抚劳甚厚。皓既回，闻虏欲袭我北塞，以其谋告守将……厚备以待之。黎明，虏兵果至，迎射其大帅挞览坠马死，虏兵大溃。上复使皓申前约……皓入大名，……与利用俱往，和议遂定，……

这边真宗皇帝望眼欲穿，却没有曹利用的任何消息，他求和之心不死，就又再招募人去谈判。满朝文武大臣自忖此去必死，所以无人敢应。就在这时候，殿前散直（官职）张皓站了出来，愿意前往。张皓虽是小官，却有爱国之心，他携九岁幼子拜见了真宗，告诉皇帝："我没有得到辽方的确切情况，誓死不回。"还把孩子托付给真宗皇帝，这就有点"托孤"的味道了，说明张皓是抱着必死之心的。真宗心里非常高兴，立马"赐银三百两"，派他出使。张皓怀揣使命，冒死到了辽营。

萧太后倒是没有小觑这个北宋来的小官张皓，而是高规格接待了他。萧太后是坐马车的，她命人掀起车帏，在车轼上横担一块木头，让张皓坐，还叫人拿来酒食，和张皓边吃边聊。能够和辽国主政的萧太后面对面交流，对张皓这个外臣来说，那是至高的礼遇。萧太后为什么这么对待他呢？萧太后这么做的目的，不是为了表达和谈的诚意，而是为了稳住张皓。她试图通过张皓给北宋方面一个虚假信息，辽方是很想和谈的；暗中却准备偷袭宋军，捞取更大的便宜。

张皓看穿了萧太后的心机，他回来复命，把情报告诉了边关的守将，让他们做好充分准备。第二天早上，辽兵果然前来偷袭，结果反中宋军埋伏。宋军万箭齐发，辽兵大败，连主将挞览也被射中，坠马而死。辽失主将，士气大挫，军心厌战。能战始能言和，这一下，谈判的主动权就落在北宋这边了。真宗派张皓再次使辽，重申和议。张皓到了大名府，遇到了滞留在那里的曹利用。曹利用便同他一起前往，把和议谈成了。

和谈成功，这可是一个大功劳。可是，曹利用官职比张皓大，他掩盖了张皓的功劳，独自邀功求赏，官职一升再升。而两次赴辽，历尽艰辛，并在关键时刻通报了敌情的张皓，却没有得到应有的赏赐。直到多年以后，真宗皇帝才知道事实真相。他的处理办法是把张皓"托孤"的那个儿子封了一个从九品的小官了事，而对曹利用却没有进行惩处。

这件事情的详细情况，就连国史馆的记载，都不是很完备。沈括是从张皓被封的那个儿子那里，才了解到事实真相。他于是详加考证，把它记载了下来，填补了史书的空白，告诉了世人事实的真相——是一个小人物，而不是那些大人物在改变和推动着历史。

> 沈括是从张皓被封的那个儿子那里，才了解到事实真相。他于是详加考证，把它记载了下来，填补了史书的空白，告诉了世人事实的真相——是一个小人物，而不是那些大人物在改变和推动着历史。

是谁发明了活字印刷术？

在科技史界，我们对沈括的草根情结给予了高度的评价。因为这种"情结"，《笔谈》给我们留下了许多珍贵的科技史料。

这是为什么呢？

中国古代，一直把科技作为"奇技淫巧"加以贬斥，这就造成了知识分子远离科学技术的状况；而真正从事科技发明的，只有那些从事具体生产的工匠们。这些工匠们，绝大多数都地位卑下。可就是这些地位卑下的工匠们，却有很多令人叹服的技术发明和创造。然而，他们在历史上却是藉藉无名。就连"伟大的四大发明"的创造者也不例外，早在唐代就已经出现的雕版印刷，发明人没有记载；而宋代活字板的发明，如果没有沈括在《梦溪笔谈》中记载了"庆历中，有布衣毕昇，又为活板"一句，我们也绝不会知道发明人的名字。这个"布衣毕昇"，就只能卑贱地活着，默默地死去。

我们来看这样一则笔记：

毕昇像

板印书籍，唐人尚未盛为之。自冯瀛王始印五经，已后典籍，皆为板本。庆历中，有布衣毕昇，又为活板。其法：用胶泥刻字，薄如钱唇，每字为一印，火烧令坚。先

设一铁板，其上以松脂、蜡和纸灰之类冒之。欲印，则以一铁范置铁板上，乃密布字印。满铁范为一板，持就火炀之；药稍熔，则以一平板按其面，则字平如砥。若止印三二本，未为简易；若印数十百千本，则极为神速。常作二铁板，一板印刷，一板已自布字，此印者才毕，则第二板已具。更互用之，瞬息可就。每一字皆有数印，如"之""也"等字，每字有二十余印，以备一板内有重复者。不用则以纸贴之，每韵为一贴，木格贮之。有奇字素无备者，旋刻之，以草火烧，瞬息可成。不以木为之者，木理有疏密，沾水则高下不平，兼与药相粘，不可取。不若燔土，用讫，再火令药熔，以手拂之，其印自落，殊不沾污。昇死，其印为予群从所得，至今宝藏。

这则笔记，可是《梦溪笔谈》中的名篇，广为流传，还被编进了语文课本。那么，这则笔记究竟写了些什么呢？

首先，我们来看看毕昇这个人。

毕昇是何许人也？借助沈括的记载，我们知道他初为印刷工人，专事手工印刷。在认真总结前人经验的基础上，毕昇发明了活字印刷术。1990年，在湖北英山发现一个墓群。学者们把碑文和《梦溪笔谈》的记载相对照，初步认定这可能是毕昇及其后裔的墓地。不过，大家要注意一下。在《笔谈》中有两个叫"毕升"的人。其中一个是皇宫里面的锻造工，这个人本事不小，能够锻造一种"鸦觜金"，就是像乌鸦嘴一样的金块，他叫毕升；另一个，才是活字印刷术的发明者，他叫毕昇。这个"昇"字不能写错，因为他们不是同一个人，在第一个毕升离开人世二十五年之后，后一个毕昇的活字印刷术才问世，这时沈括才十多岁。

毕昇所发明的，不是一种实物，而是一种新的印刷方法。我们按照《笔谈》的记载，来解说一下。这个新的方法共有五个步骤：

第一步，造字。毕昇用胶泥把汉字刻成一个个小印章，然后用火把它们烧硬。古文中的常用字，像"之乎者也"这样一些字，就多刻烧一些；一些生僻字，用的时候再临时制作。

第二步，贮字。造出来的字，怎么存放呢？毕昇用了分类法，他把字印按照音韵归为不同类别，然后把同一音韵的放在一个木格里面，便于查找。

第三步，排版。毕昇用一块铁板，铺上一层黏合剂，中间再加上铁质的框架，把字印一个个排进去。排满以后，就放在火上加热。黏合剂开始熔化后，用一块平板在字面上按压，整板字面就能像磨刀石那样平整。

第四步，印刷。在排好的活字板上上墨、印书。

第五步，拆板。印刷完毕，再用火加热铁板，黏合剂再次熔化，"以手拂之，其印自落"。这些取下来的字印又被重新分类放好，下次再用。

——这就是毕昇所发明的活字印刷术。

也许有人会问：毕昇的这个活字印刷术，究竟可不可行呢？这个问题在清朝就得到了解答。清代道光年间，在安徽泾县有个叫翟金生的人，他读了《梦溪笔谈》以后，对活字印刷术很感兴趣，就试图进行技术复原。他带着自己的儿子、孙子和学生，花了三十年的时间，制出了十万个泥活字，然后用这些泥活字印刷了一批书籍。这些用活字印刷出来的书，字画均匀，纸墨清晰，排印精良，效果很好，现在大家在北京图书馆、浙江嘉兴图书馆等地还能看到。翟金生的可贵实践证明，毕昇的活字印刷术是完全可行的。当然，毕昇所发明的活字印刷术，还是很原始、很简

单的，但是，这是一套完整的印刷工艺规程。现代通行的铅字排印方法，基本上是沿袭这套规程的。

那么，毕昇为什么用胶泥制作活字，而不是用其他材料呢？沈括在《笔谈》中做了说明，原来毕昇曾试制木活字，但是不成功。为什么呢？因为木材纹理疏密不均，沾水后字面就高低不平，而且字块易于与药相粘，不便取下清理，所以只有弃而不用了。看来毕昇在木活字上，还有些技术欠缺。这个问题，大概是到了元朝的王祯，才彻底予以解决，制作出可以媲美泥活字的木活字。那毕昇干嘛不用金属材料呢？沈括没有说明——其实这也不需要说明，因为那成本实在太高，不是他这位"布衣"能承担得起的。

然而在历史上，毕昇发明的活字印刷术却被称为"沈存中法"（沈括字存中），这是为什么呢？称活字印刷术为"沈存中法"，反映了当时社会的一个偏见：沈括毕竟是一个官僚，这个身份的受认可度不是毕昇这个布衣可以相比的，所以人们就把发明权放到沈括名下，称活字印刷术为"沈存中法"了。

但是，沈括对活字印刷术也有重要贡献。沈括不仅在《梦溪笔谈》里记下了这个发明，更重要的是，他还亲身实践，大力推广，使这个发明走向社会。毕昇去世以后，他的泥活字实物被沈括的群从（族人）所得，这就给了沈括一个很好的机会。沈括通过实践，认为这个发明优于当时的雕版印刷，就极力向社会推介。近年来，发现了大量西夏文的泥活字和木活字，这很有可能就是沈括在担任鄜延路经略安抚使的时候带过去的。由于沈括等人的努力，活字印刷术还传到了周边国家，然后又传到了欧洲。四百年以后，德国的谷登堡，仿照毕昇活字印刷术的原理，创造了拼音活字版，印制成功欧洲第一批活字印刷本书籍。可以说，

沈括不仅在《梦溪笔谈》里记下了这个发明，更重要的是，他还亲身实践，大力推广，使这个发明走向社会。

活字印刷术的发明和传播，凝聚了能工巧匠和科学家双方的心血。

这一讲，我们说的喻皓、李顺、张皓和毕昇，他们都是草根，沈括在《梦溪笔谈》中还记载了另外一个草根人物，淮南人卫朴。这是怎样一个人呢？请看下一讲《改历之争》。

第三讲 改历之争

卫朴是一个怎样的人？

宋神宗为什么要修改历法？

沈括为什么要延请卫朴？

沈括是怎么修改历法的？

《奉元历》为什么也测不准天象？

「十二气历」是怎么回事？

上一讲我们说到，沈括有一个难能可贵之处，就是他对"草根"的尊重、重视和推崇，这一点在别的封建士大夫身上是很难看到的。《梦溪笔谈》充分体现了沈括的这个特点。他记录了很多草根的事迹，虽然这些草根在正史上并没有一席之地，但是他们的贡献和成就却是不容忽视的。沈括曾在《梦溪笔谈》里面记下了一位叫卫朴的草根人物。那么，这个人有什么独特之处呢？

> 他记录了很多草根的事迹，虽然这些草根在正史上并没有一席之地，但是他们的贡献和成就却是不容忽视的。

卫朴是一个怎样的人？

这个卫朴很不简单，他可以说是中国科技史上一位独一无二的人物，为我国古代天文学的发展做出了卓越的贡献。这么说有理由吗？有的。我们有三点理由。

第一点理由，这个人很有本事。

卫朴擅长算学，他是我国古代最杰出的计算大师之一。我们举个例子。儒家有部经典叫《春秋》，据说关公很喜欢它，每每挑灯夜读。《春秋》很注重天象，记载了36次日食。天文学家们就进行验算,其中唐朝的大天文学家僧一行算出29次,其他人大概只能验算出二十六七次。卫朴呢?他算出了35次,只有一次,怎么都算不出来。卫朴经过细致推演,认为这是《春秋》上记错了。我们现在经过推算,证实这确实是《春秋》误记了,但是卫朴竟然质疑这部儒家经典的准确性,可见他对自己计算结果的自信。这还是小意思,当时从夏朝到宋朝的3201年,有文献记录的日食共475次,许多天文家都进行了验算,但是以卫朴验算出来的最多,非常了不起。

第二点理由有点不可思议,因为这个卫朴居然是个盲人!他推算日食,竟然全部是心算!

那如果碰到特别复杂的演算该怎么办呢?这个时候,卫朴也会和别人一样用算筹。算筹是我国古代的一种计算工具,它们是一根根长短不等的小棍子。古人就把它们排摆开来,然后进行运算。一个盲人在那里摆摆弄弄的,让人很好奇,有人就和他开玩笑。在卫朴进行运算的当儿,把一根小算筹挪了一下位置,结果演算错误。怎么出错了呢?卫朴很奇怪。他把摆好的算筹上下摸

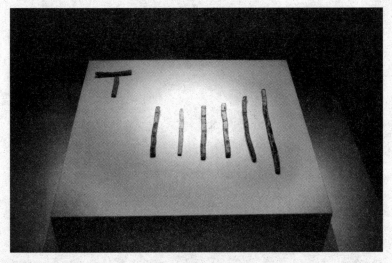

算筹

了一遍，一下就找到了那根被挪动了的小棍子，他把小棍子摆好，结果就出来了，准确无误。沈括对卫朴非常叹服，所以在《梦溪笔谈》专门为他写了一个小传，称他是"一行之流也"，意思是说，卫朴是和唐代大天文学家一行一样伟大的人物。

第三点理由，这个卫朴居然编了一部历法，叫作《奉元历》，这部历法在当时可以说是"很先进很科学"的。而由盲人参修的历法，在中国历史上，这也是唯一的一部。

有了这三点理由，卫朴能不是"独一无二"的吗？他可以说是盲人自强自立的典范。

不过，卫朴虽然很了不起，但是如果没有沈括，他也绝不可能取得这样非凡的成就，并且青史留名。为什么呢？因为在熙宁五年（公元1072年），沈括奉召提举（管理）司天监（宋朝观察天象和推算历法的机构）。正是他力排众议，把这个草根盲算师请进司天监，卫朴才有机会施展他的才能，编出了一部《奉元历》。

那么，沈括为什么会到司天监去呢？他又为什么去请卫朴呢？

> 不过，卫朴虽然很了不起，但是如果没有沈括，他也绝不可能取得这样非凡的成就，并且青史留名。

宋神宗为什么要修改历法？

在回答这些问题之前，我们先来解释一下什么是历法。

历法是一种计算时间的方法，它是依据太阳、月亮等天体的运行来制订的。历法很复杂，内容也很多，从与人们生产和生活密切相关的角度，我们可以简单地把历法理解为一种确定年、月、日等时间单位的方法。在世界上，历法主要分为阳历、阴历和阴阳历三种。现在国际通用的公历（格列高利历）就是一种阳

历，它是依据太阳的运行来制订的；在伊斯兰世界使用的伊斯兰历则是一种阴历，它是依据月亮的运行来制订的；而把阳历和阴历结合在一起的，就叫作阴阳历了。我国从古至今一直用的传统历法，就是阴阳历，由于同时结合了太阳和月亮的运行情况，所以这是一种很复杂的历法。

在我国古代，历法在国家的社会生活和政治活动中占有很重要的位置。这是为什么呢？我国是一个传统的农业大国，绝大多数的人口都是农民。在农业社会，要依靠历法来安排农事活动，如果历法不准，它就会直接影响农业生产。老百姓吃不饱肚子，那就要闹事了——这可是统治者最害怕发生的事情。再则，封建统治者强调"君权神授"，把自己装扮成秉承天意来治理百姓的"天子"，给自己抹上神圣的色彩。这样，历法就被赋予了维护封建统治的职责。如果历法准确，就说明朝廷的统治与天意是一致的；反之，就会动摇国家的政治基础。由于这两点原因，历朝历代的封建统治者都非常重视历法。

但是，历法毕竟是我们人为制订的一套计算时间的方法，它和太阳、月亮等天体的实际运行情况毕竟是有些差距的。检测一种历法精确与否，一个重要的指标就是，要看它能否准确预测出日食和月食出现的时间，如果能够准确预测，说明这部历法是精确的；反之，则说明这部历法和天体的实际运行情况不符，就必须进行修订。

《梦溪笔谈》里面记载了这样一个故事。

在宋仁宗年间，出了一个姓李的术士。这个李术士有一双灵巧之极的手，会做一些精巧的器具。他曾经用木头雕刻成一个三尺多高的钟馗，这个木钟馗精雕细刻，它左手伸着，右手高举着，手中握着一支铁锏（这是一种兵器，隋唐时候秦琼就用过

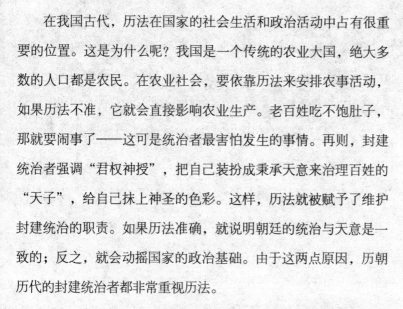

它），模样凶狠。不过，这个钟馗可不是用来驱鬼的。是做什么的呢？居然是用来捉老鼠的！把拌了香料的食物放在木钟馗的左手，老鼠就会顺着胳膊爬到手上来吃食。木钟馗感应到了老鼠，左手一握，就把老鼠逮住了，然后它右手挥动铁锏把老鼠打死。按照现在的观点来看，李术士做的这个木钟馗，其实就是一个机器人。

李术士把木钟馗献给了皇室宗亲荆王。这个新奇的玩意儿很让荆王喜欢，他就把李术士留在府中，做了一个食客。有一次，司天监的官员来到荆王府，告诉荆王，晚上有月食，叫他准备一下。在古代，月食又被称为"天狗吃月亮"，月亮被吃了那还得了？！所以皇家是会有一些祭祀活动的。这时候，李术士站了出来，他说："荆王，我可以作法让天狗吃不了月亮。"荆王觉得非常神奇，他就安排让李术士做了一次法事，那月食果然就没有出现。这下可不得了了，这李术士简直就是一位能祈天唤月的神仙！荆王如获至宝，立马就把李术士推荐给了皇帝。

哪知到了仁宗皇帝面前，李术士说实话了。他说："我可不是神仙，我只是一个天文爱好者。我推算过的，咱们现在实行的《崇天历》有设计上的缺陷，这次月食应该是在地平线以下，所以是看不到的。"那他为什么又是献木钟馗，又是作法，弄得这么神神秘秘的呢？李术士说，"以微贱不能自通，始以机巧干荆邸，今又假禳祓以动朝廷耳。"这句话的意思是说，因为自己是个草根，人微言轻，他的计算结果没人相信。所以就只好把简单的一件事弄得这么复杂，以引起官府的注意。仁宗叫司天监把李术士的推算结果进行了检验，果然不错。这个计算方法，就被吸收进当时的历法《崇天历》里面了。李术士呢，也进了司天监，做了一个"国家公务员"。

可是到了神宗朝，这个升级版的《崇天历》不知怎么搞的，它算不准日食了；而用原版的《崇天历》可以轻易地算出日食，却怎么也算不出李术士当年的那次月食。这就难了，一个国家的历法怎么老是出错呢？因此，修改历法的任务就被提了出来。

神宗把这个工作交给了已经崭露头角的沈括。

就这样，沈括到了司天监，这一年他四十一岁。

北宋的天文学界，群星璀璨。在沈括之前，有燕肃、周琮；在沈括之后，有苏颂、姚舜铺，这些人都是天文大家。特别是苏颂，他领导研制的水运仪象台，被认为是世界机械钟表的祖先。严格来说，沈括并不能算是最顶尖的天文学家。中国科学技术大学的李志超先生，甚至认为沈括是一个"非职业的天文学家"。可是在古代，业余和专业的天文学家是很难区分的，它还没有一个划分标准。但至少说明，和苏颂他们比起来，沈括只能说是一个二流甚至是三流的专家。那么他为什么能执掌司天监呢？

宋神宗启用沈括，首先是他的管理才能，其次才是他的专业技能。在这一点上，神宗皇帝可以媲美美国总统罗斯福。1942年，美国决定开始实施研制原子弹的"曼哈顿计划"。这是人类历史上第一个"大科学"项目，要动员当时西方国家可能的所有科学家力量，还要有大批的工作人员。这些科学家中，不乏诺贝尔奖得主；而工作人员的总数，在最高峰时达到54万人。这么多人，让谁来组织呢？罗斯福看重了物理学家奥本海默。然而奥本海默

宋神宗像

并不是一个顶尖的科学家，他本身也没有获得过诺贝尔奖，罗斯福看重的，是奥本海默的管理才能。后来，奥本海默不负罗斯福的厚望，历时三年，把"曼哈顿计划"给完成了。他自己也成了美国的"原子弹之父"。修改历法，在复杂性和规模上当然远远比不上"曼哈顿计划"，但是宋神宗和罗斯福在用人的思路上，却是惊人的一致。

那么，这个被寄予厚望的沈括，是怎么去完成"改历工程"的呢？

沈括为什么要延请卫朴？

编制历法需要专业人才。那么，沈括这个新上任的司天监长官为什么会去请卫朴呢？难道司天监就没人了吗？

司天监倒不是没人，而是庸才太多。天文学是一门高深的学问，不要说古代，就是在当代，懂的人也不多。《笔谈》记载了这样一个笑话。

> 皇祐中，礼部试《玑衡正天文之器赋》，举人皆杂用浑象事，试官亦自不晓，第为高等。

礼部要为司天监选拔人才，出了一个考试题目，叫《玑衡正天文之器赋》。所谓"玑衡"，其实就是浑仪，这是安置在高台上观测天体的仪器。古代还有一种演示天体运行的机械装置，叫浑象。这两种仪器，一种是用来观测天体的，一种是用来演示天象的，它们不是一回事。可是，应试的举人们不懂，把关于浑象方面的事夹杂在一起乱说一通。这样的试卷交上去，居然都被高分录取。这是怎么回事呢？原来主考官自己也不懂！

这样一些被录取的"人才"能有什么用呢？

上任伊始的沈括，开始招募真正有才能的人。他延揽了一批有专业才干的人，卫朴就是其中之一。

卫朴这个时候，其实混得很惨。他虽然算学高超，但是在生活中却根本用不上；他又是一位盲人，也找不到工作。所以，他只好在一座庙旁，靠给人占卜度日。沈括听说了他，就派人把他接到司天监。现场考察下来，沈括不禁惊为天人，马上就要录用卫朴。

但是，录用卫朴引起了很大的争议。这个卫朴有点像我们现在的精算师，编制历法确实少不了这样的人才。但他是个草根，没有学历，而且还是个盲人。这个连生活都不能自理的人，怎么能当公务员呢？但是沈括是一个务实的人，也是一个坚韧的人，他看重的是卫朴的才能，于是通过各种办法，顶住各种压力，终于把卫朴延揽进来。这种做法对于一个封建士大夫来说是难能可贵的；而卫朴也不负所望，成为沈括最得力的助手。

说到底，沈括请卫朴是为了完成皇帝交代的改历工作。那么，沈括和卫朴究竟是如何去完成这个"改历工程"的呢？

沈括是怎么修改历法的？

沈括他们发现，北宋开国以来的历法，尽管名目繁多，但是都来源于唐朝僧一行的《大衍历》。这些历法，做的都是补鞋匠的工作，就是在前一个历法的基础上，进行算法演算，纠正一些偏差，做一番调整，然后了事。这些修补工作，由于没有从根本上来进行修正，所以过不了多少时间，就又会出错。而《大衍

> 但是沈括是一个务实的人，也是一个坚韧的人，他看重的是卫朴的才能，于是通过各种办法，顶住各种压力，终于把卫朴延揽进来。这种做法对于一个封建士大夫来说是难能可贵的；而卫朴也不负所望，成为沈括最得力的助手。

历》呢，它虽然是前代历法中"最为精密"的一种，但其所依据的天文数据是唐朝时期的，这些天文数据到了神宗朝，已经有了很大的不同。这样的话，《大衍历》本身也就出现了很多的错误；而依据这个错误百出的《大衍历》修补出来的那些新历法，能不出错吗？所以，沈括他们得出结论：要修订出一部新的历法，必须以现在（宋朝）的天文数据为基础，进行全新的演算。

要彻底推倒《大衍历》，编制一部新历法，这个宏大的想法能实现吗？这可不容易。沈括他们有两个困难，都是哪两个困难呢？我们总结一下，第一个困难是"候簿"（日常的天文观测资料）不准，很难加以利用；第二个困难是仪器陈旧落后，难以进行精确的天文观测。

我们先说第一个困难，"候簿"不准。

应当说，北宋朝廷对天文档案的管理是很严格的，它有一套严密的制度体系。朝廷在皇城中设立了一个天文院。每天晚上，天文院都要进行天文观测，第二天早上皇城开门之前要把报告送到宫中；皇城门开以后，司天监的观测报告也送来，管理人员就把这两份报告进行核对。这套"双轨制"的管理制度，可以有效地防止工作人员弄虚作假。既然这样，"候簿"怎么还会不准呢？

问题就出在制度本身。我们说，一项制度的好坏往往不在于制度的本身，而在于执行。再好的制度，不认真去执行，那也是形同虚设。候簿的日呈报制度实行久了，就有人动脑筋了。天文院和司天监的历官们暗中串通，事先写好了同样内容的报告，然后一同报上去。管理人员也被他们买通，秘而不报。而他们事先写好的报告，当然就不是实际观察的结果，竟然是根据"小历"（民间历法）推算出来的！这样的话，所谓的"候簿"大多是一堆废纸，没有什么价值。

沈括很有魄力，他对此大力加以整顿。他揭发了历官们的欺骗行为，还罢免了其中六个人的官，天文院和司天监的观察工作有了显著的改观。

不过，沈括这么做，也只是一些补救性的工作，对于"改历工程"的作用不大。司天监保留的候簿，许多数据是掺水的或者造假的，大多不能使用，因此必须重新进行天文观测。这样，沈括他们就碰到了第二个困难：仪器陈旧落后。

沈括对司天监的天文观测仪器进行了检查，检查的结果，这些仪器皆有"差误"，不能使用。如何给卫朴的演算提供可靠的天文数据呢？工欲善其事必先利其器，为此，沈括简化了浑仪，改进了漏壶，创新了景表，做了大量的技术工作。

> 工欲善其事必先利其器，为此，沈括简化了浑仪，改进了漏壶，创新了景表，做了大量的技术工作。

熙宁七年（公元1074年），沈括主持修造的一批新的天文观测仪器制成。宋神宗亲自领衔，搞了一个验收大会。在迎阳门大殿上，神宗皇帝召集大臣们组成答辩委员会。沈括叫人把新造的仪器摆开，然后做工作汇报。他把每一件仪器逐一进行解说，直到大家明白为止。然后，有关人员还对这些仪器进行了技术鉴定。最后，答辩委员会得出结论，认为这些新造的天文仪器有创新性，并且达到了"校其疏密，无可比较"的精密程度。

这些新造的天文仪器对"改历工程"发挥了极其重要的作用。

我们举个例子：沈括利用他改进的漏壶实测到了太阳周年视运动的不均匀性。

这个词汇很拗口，我们解释一下。地球绕日公转的轨道，不是正圆形，而是椭圆形的，这就使得地球绕日运转的速度，不是匀速，而是变速，有时快一点，有时慢一点。这样的话，我们在

地球上观测太阳的运动（这叫太阳的视运动），就会发现它不是匀速的，在一年中它的运动是有时快、有时慢的。这就是太阳周年视运动的不均匀性。不过，这种变速运动我们平常是感觉不到的，但是编制历法时必须注意，否则就会出现大误差。前面我们讲的升级版和原版的《崇天历》，之所以测不准日月食，就是因为它们把太阳看成匀速，而不是变速运动。在此基础上的推算，自然就出了错。而沈括通过他改进的漏壶，发现了这个现象。这个观测结果让沈括非常自豪，他说："此古人之所未知也。"

现在我们认为，沈括的这个发现远远超越了当时的科学水平，是我国古代天文学的一个的重要成果。我们可以想见，以这些观测结果为依据而编制的新历法，它的先进性和科学性。

那么，沈括他们的"改历工程"进展如何呢？

《奉元历》为什么也测不准天象？

熙宁五年（公元1072年），沈括奉命提举司天监；同年，他推荐了卫朴。三年以后，熙宁八年（公元1075年）新历编制完成，"改历工程"顺利结束。神宗大喜，将新历赐名《奉元历》，下诏颁行。同时，皇帝对修历的有功人员进行了奖励，他"进括一官"，"赐卫朴钱百千"。

但是第二年，刚刚实行的《奉元历》就出了大问题：熙宁九年（公元1076年）正月的月食，它就没有测出来。

《奉元历》不是"很先进很科学"的吗，那它怎么会刚刚颁行就出问题了呢？

测天不准，《奉元历》本身当然有问题，但这不是主要的。更重要的是，《奉元历》的编制在本质上已经不再是一个科研课

左侧框内文字：

> 现在我们认为，沈括的这个发现远远超越了当时的科学水平，是我国古代天文学的一个的重要成果。

题，而是变成朝中新旧两党斗争的一个环节。换句话说，所谓的"改历工程"实际上就是一场政治斗争。科学研究被政治斗争所左右，它能不出问题吗？那么，当时的政治斗争都是怎么干预改历工作的呢？

我们从《奉元历》编制的背景，它的编制、校验过程和《奉元历》的最终去向三个方面来说明"改历工程"是怎样和新旧两党的党争交织在一起的。

先说第一个方面，《奉元历》编制的背景。

《奉元历》是按照神宗皇帝的要求编制的。这次"改历工程"进行的最初原因，的确是因为以前的历法不准，需要修订。可是神宗推动历法革新，更主要的还是出于政治的目的。

王安石变法期间，旧党分子常常利用"天变"和灾异攻击新党。在旧党的授意下，有些历官开始直接指责新法违背了"天意"。据《续资治通鉴》的资料，熙宁五年，司天监灵台郎尤瑛上书给神宗，说最近"天久阴，星失度"，是变法所导致，"宜罢免王安石"。这个荒唐的说法神宗当然不会采纳，他狠狠处置了尤瑛，将他"刺配英州牢城"。

但是这个事件也让神宗感到，天文历法事关新法的推进，必须牢牢抓住。进行改历活动，不仅仅是因为旧历法失效，更为重要的因素，是向全体臣民昭示：改革是顺乎天意的，谁要胆敢阻挠改革，他就违背了天意，就一定会受到"天谴"的。因此，沈括受命提举司天监，修改历法，在一开始就打上了政治斗争的烙印。

我们再说第二个方面，《奉元历》的编

王安石像

制、校验过程。

前面我们说到，沈括在司天监大力整顿，给司天监带来了崭新的气象，使得"改历工程"得以推进。沈括打击了那些尸位素餐的历官们，但同时也给自己树立了新的政敌。特别是沈括重用卫朴，这是那些历官们无论如何不能接受的。因为一个盲人都能编制一部历法，岂不是说明他们的无能？所以这些人在旧党的暗中支持下，相互串通起来，竭力阻挠新历法的编制。

他们是怎么阻挠的呢？我们举个例子。编制《奉元历》需要金木水火土五大行星的运行资料，它要把连续五年的观测数据拿来，剔除无效部分，得到三年的连续数据，然后进行演算。但是历官们百般推脱，就是不提供以前历年的"候簿"。得不到实测数据，卫朴只好在旧历的基础上进行推算，这些算出来的数据和实测数据相比，准确性就大打折扣。这就给新历留下了先天不足的病根，大大影响了《奉元历》的精确度。

在新历编制的过程中，那些历官们也经常无故闹事，甚至"屡起大狱"，一定要搞掉卫朴。虽然在沈括的坚决支持下，这些历官们最终没能得逞，但这也极大影响了新历的编制。后来沈括在《笔谈》中回忆这段往事时说："朴之历术，今古未有"，可是"为群历人所沮，不能尽其艺，惜哉！"意思是说：卫朴编制历法的本领，是现在和过去的人都没有的，可是却遭到那些历官们的阻挠破坏，不能充分发挥，真是可惜啊！惋惜之情溢于言表。沈括是一个很温和的人，在《梦溪笔谈》里面，他也没怎么发过牢骚，骂过人。独独对这些"群历人"，他却进行了痛斥，我们可见他对新旧两党党争误国的痛恨。

据卫朴后来的估算，新历的准确度只不过达到六七成而已。沈括认为，这"已密于他历"，相当不错了，就把新历进

沈括是一个很温和的人，在《梦溪笔谈》里面，他也没怎么发过牢骚，骂过人。独独对这些"群历人"，他却进行了痛斥，我们可见他对新旧两党党争误国的痛恨。

呈神宗。

按照惯例，新历法是应该经过一段时间校验的，但是神宗皇帝等不及了。为什么呢？因为这个时候，新法推行阻碍重重，神宗急需打出"天意"这个招牌，所以即刻下诏颁行。这样，新历法就跳过了校验这个必需的环节。

政治的干预，终于导致了科学的失误，熙宁九年（公元1076年）正月的月食，新历就没有测出来。这正是授人以柄，旧党立刻就把这个学术失误上升为政治问题，要求朝廷追究卫朴的责任。当然，旧党的目的不在于一个小小的布衣卫朴，而是要废弃新历，进而推倒新法。

那么，朝廷真的追究卫朴的责任了吗？没有。为什么呢？因为沈括站了出来，他力挺卫朴。

这个时候的沈括，已经离开了司天监。他看到卫朴危难，就替他辩护，并且提出了补救措施。沈括亲自组织了一批人用浑仪、浮漏和圭表等天文仪器进行测试，每天记录天象，把所得的资料交给卫朴用新历参校，遇到不完善的地方马上审行改正。经过一年多的努力，重修过的《奉元历》果然比以前更精确了。在事实面前，旧党才无话可说。神宗非常满意，认为"不须考究"了，下诏解散了沈括组织的一批人，还给了卫朴二十千的路费，打发他回家了。

一代奇人卫朴，自此杳无踪迹，消失在历史的长河当中，再没有人知道他的任何消息。他的人生悲喜剧也让我们慨叹，如果没有小人作祟，卫朴会取得怎样了不起的成就呢，他会给我们留下怎样精密的一部历法呢？

接下来我们说第三个方面，《奉元历》的最终去向。

那么，沈括和卫朴编制的《奉元历》，它的最终的命运是怎样的呢？《奉元历》是神宗朝编制的，神宗去世以后，哲宗继位，在极为艰难的情况下，《奉元历》继续施行，一直到哲宗绍圣初年（公元1094年）才被废止，前后行用了19年。可见《奉元历》的确具有一定的科学内容。但是我们遍查史籍，宋朝的历法，在《奉元历》以前和以后的都能看到，独独没有《奉元历》，也就是说，《奉元历》失传了，这是为什么呢？

原因很简单：还是因为党争。《奉元历》是伴随着王安石变法产生的，又是由变法的骨干分子之一的沈括主持编修的，在某种意义上说，它就成为新法的精神支柱；而《奉元历》的废止，则标明了王安石变法的彻底失败。后来执政的旧党，不允许这个"精神支柱"的继续存在，于是把《奉元历》连同其中的方法一同销毁了。我们现在只能借助沈括的《梦溪笔谈》和其他一些残存资料，才能略窥《奉元历》之一斑，无法更具体地了解其中所包含的科学内容。这一项记载了许多新成就的科学成果，就这样因为政治斗争而消亡了。

我们现在只能借助沈括的《梦溪笔谈》和其他一些残存资料，才能略窥《奉元历》之一斑，无法更具体地了解其中所包含的科学内容。

那么，沈括在司天监造的那些新仪器呢？它们的命运也和《奉元历》一样悲惨。在沈括离开京城以后，司天监上书说沈括造的新仪器"器成数年不能定"，就是不能用的意思，请求重新铸造。沈括的新仪器就被弃而不用了，后来不知所终。经过沈括整顿后的司天监，本来已经面貌一新，工作有了很大起色；但当沈括一离开这个职位后，保守势力马上卷土重来，不久司天监也就"其弊复如故"了。

轰轰烈烈的"改历工程"就这样以悲剧收场了。我们不能不慨叹，在封建社会发展科技的困难。但是，沈括在其中所表现出的科学态度、管理能力和创新精神，还是值得我们赞叹的。

"十二气历"是怎么回事?

《奉元历》被废止的时候,沈括已经是一位风烛残年的老人。消息传来,对沈括的打击是可想而知的。这个时候,《梦溪笔谈》已经杀青了。但是沈括还有话要说,在《补笔谈》中,沈括把自己的心血结晶——"十二气历法"推了出来,这是他在天文学领域最重要的成就。

这是怎样的一项科学成果呢?

"十二气历法"是一种新的历法。但是与《奉元历》不同,《奉元历》是一部实体历法;而"十二气历法"则只是一个概念。它虽然只是个概念,却是我国古代最优秀的历法之一。

沈括提出"十二气历法"是一个大胆的创新,这个创新是要解决这样一个困扰我国古代所有历法的问题:传统历法在阴、阳历之间如何进行调和,也就是置闰问题。

我们现在称传统历法叫"夏历"、"农历"或者"阴历"。称为"夏历",是因为我国的历法出现得很早,从夏朝就开始了,这个叫法有点历史意义。称为"农历",是因为传统历法的最重要作用之一,就是指导农业生产,这个叫法突出了传统历法的特点。但是称为"阴历"就有问题了,因为阴历纯是以月亮运行作为依据;而传统历法又结合了太阳的运行,它"日一出没,谓之一日;月一盈亏,谓之一月",因此它是阴阳合历,所以"阴历"这种说法在天文学上是不准确的。

古人在长期农业生产的过程中,逐步形成了以月亮的盈亏作为依据的传统。其实严格说来,一定地区农业生产活动的日期主要应根据气候变化来进行安排,而气候变化的基本因素是地球围绕太阳的运动,它表现为节气,古代划分了二十四节气。因此在

> 沈括提出"十二气历法"是一个大胆的创新,这个创新是要解决这样一个困扰我国古代所有历法的问题:传统历法在阴、阳历之间如何进行调和,也就是置闰问题。

传统历法上就存在一个阴、阳历之间的调和问题。我们知道，月亮绕地球的运转周期为29天多一点，地球绕太阳的运转周期则为365天多一点，这两个数互除不尽。这样，节气与月份的关系是不固定的，但农业生产活动必须由节气来安排，这就带来了极大的不方便。我们的祖先很聪明，为了缓解这种不便，就采用了隔两年多加一个闰月（置闰）的办法来进行调整，使节气与月份大致对应起来，而这又导致了历法的烦琐。

在编制《奉元历》的时候，沈括他们就碰到了这个大难题。置闰使得他们的天文计算非常"繁猥"（繁杂琐碎），即便是卫朴那样的演算奇才也感到很头疼。这还只是计算上的事，"闰生于不得已"，是一种无可奈何的补救方法，不能解决根本问题。时间长了，原本为了解决问题而产生的置闰的办法，施行起来却产生了新的问题："气朔交争，岁年错乱，四时失位。"这些问题，通俗的说就是表现为该播种的时候，历法没有显示；不该收割的时候，历法却提示时间到了，这反而影响了农业生产和人们的生活。可以说，在历法上，置闰就成为一个"赘疣"（累赘）。

能不能割除这个"赘疣"呢？可能有人想过，但没有人敢去做，因为这是和整个社会进行观念对抗。沈括他们也不敢，所以《奉元历》还是用了置闰的方法。不过，这个问题一直萦绕在沈括心中，挥之不去。他想，有的事情是古人没有认识到，而有待于后人解决的，为什么不可以设想一种新的历法体系，彻底抛弃置闰呢？他经过长期的思考，还真琢磨出了一种方法，这就是"十二气历法"。但是，沈括一直没有勇气提出来，直到生命的最后岁月，他才在《补笔谈》中，把"十二气历法"说了出来。

那么，"十二气历法"究竟是怎么回事呢？这是一种彻底的纯阳历制度。沈括把二十四节气间隔取出来一半，作为每个月的开始。比如，二十四节气开始是这样几个：立春、雨水、惊蛰、春分、清明、谷雨、……沈括把立春作为1月1日，惊蛰作为2月1日，清明作为3月1日……沈括设计，月份分为大月和小月，大月三十一天，小月三十天，大小月相间。如果这一年是365天，可能会出现一次"两小相并"（两个小月连在一起）的情况；如果是366天，这时大月小月就会间隔分布。这样，每年的天数都很整齐，用不着再设闰月，四季节气都是固定的日期。至于月亮的圆缺和寒来暑往的季节无关，只要在历书上注明"朔"、"望"就行了。

现在公认，沈括的这个设想，不仅比当时西方通用的"儒略历"合理得多，而且比现在被世界各国普遍采用的公历（格列高利历）还要合乎理想。格列高利历十二个月的大月、小月安排得还不是很合理，在节气上也还有一天上下的偏差，远不如沈括的"十二气历法"来得简单和高明。

沈括的"十二气历法"，堪称是天文学史上的一次革命，而且它还更加方便农事的安排，可以说是既科学又实用。但是，它太超前了，它彻底颠覆了阴阳合历的"祖宗旧制"。在古人看来，这是绝对不能容忍的"叛逆"行为。所以，"十二气历法"自提出以后，不仅从来没有被采用过，而且一直不断遭到各种指责和谩骂。直到清朝中叶，著名学者阮元在《畴人传》（一部记述中国历代天算家学术活动的传记集）一书中还说，先贤留下的旧制是"终古无弊"的，责骂沈括提出"十二气历法"是"徒骋臆知，而不合经义"。

沈括可能是天文学史上挨骂次数最多、时间最长的人。这一骂，就是八百年！所以，沈括可以说是天文学史上最孤独的一位

沈括可能是天文学史上挨骂次数最多、时间最长的人。这一骂，就是八百年！所以，沈括可以说是天文学史上最孤独的一位科学家。

科学家。

对于各种学术的乃至人身的攻击，沈括早就有心理准备，他在《梦溪笔谈》中写道："异时必有用予之说者。"对真理的信念跃然纸上！八百多年以后，太平天国颁行"天历"，其基本原理与"十二气历法"完全一致。上世纪三十年代，英国气象局开始颁行的用于农业气候统计的"萧伯纳农历"，也是节气位置相对固定的纯阳历，其实质与"十二气历法"一样。历史终于还沈括以清白。

在《梦溪笔谈》中，沈括把他在司天监期间的工作和一些重要的发现都记录了下来，有26则之多，给我们留下了很多重要的科技资料。借助这些记录，我们知道了卫朴这个科学奇人；当然，我们也了解到沈括在天文学方面的精深造诣。

在古代，我们称赞一个人才华横溢，往往会说他"上知天文，下知地理"。这个"地理"，指的是地学方面的知识。那么，这位"稀世通才"沈括，除了在天文方面学问精深，他在地学方面的造诣又是如何呢？请看下一讲《沧海桑田》。

第四讲 沧海桑田

沧海是怎么变成桑田的？
雁荡山是怎么形成的？
真的有「龙蛋」吗？
真的会「大行于世」吗？

上一讲，我们说的是沈括如何"上知天文"的；这一讲，我们来说说沈括是怎么"下知地理"的。

这个"地理"，指的是地学方面的知识。在古代，地学是一个很宽泛的概念，可以说，凡是和地质现象相关的事物，都属于地学的范畴，它包括我们现在的地质学、地理学、古生物学等许多学科门类。

不过，地学和天文学不太一样。搞天文的，要观测，要计算；搞地学的呢，不仅要去野外科考，还要学会思考。因为地质现象是经过漫长的地质年代演化过来的，如果抽象思维的水平和能力不够，是没办法来解释的。而沈括呢？他的脑力绝对够。他不仅科学地解释了地形地貌的形成原因，解释了古生物化石是怎么来的，他甚至还率先对古生物遗骸所形成的化合物（也就是"石油"）进行了民用开发。

由于沈括等人的"给力"表现，地学成为我国古代发展得非常好的一门学科。中国人在地学上有许多深刻的见解，把世界各国远远地抛在了身后。

由于沈括等人的"给力"表现，地学成为我国古代发展得非常好的一门学科。中国人在地学上有许多深刻的见解，把世界各国远远地抛在了身后。

那么，沈括都有哪些"给力"的表现呢？

沧海是怎么变成桑田的？

首先，我们来说一说沈括对于海陆变迁问题的认识。

海陆变迁在古代有一个非常美的名称，叫"沧海桑田"。这个词来源于一个神话故事。

东汉桓帝的时候，有一个草根，叫蔡经。有一天，他被安排了一个接待任务。接待谁呢？既不是高官，也不是显贵，而是两个神仙，他们一个叫王远，一个叫麻姑。凡人能接待神仙，这可是莫大的荣耀。这一下，蔡经他们家可就忙活开了。他们预备好了丰盛的酒菜，摆了满满一院子，来迎接两位神仙和他们的随从。到了七月七日那天，天空中突然锣鼓喧腾，只见一辆由五条龙拉着的车子，缓缓地从天而降，落在蔡经家的院子里面。王远从车里施施然走了出来。过了一会儿，麻姑也来了。这麻姑是一位美少女，一头秀发，光彩照人。不过她的手就像鸟爪一样，可能有点残疾。客人来了，酒席也就开始了。不过宴会的场面显得有些沉闷，因为凡人和神仙还真没什么共同语言，所以席间就只有王远和麻姑两个神仙在聊天。

王远说："麻妹，我们很久没见面了。"

麻姑说："是呀，王哥你还是神采依然呀。"

王远说："算算时间，又过了五百年了吧。"

麻姑叹息道："接待以来，已见东海三为桑田，向到蓬莱，水又浅于往昔，会时略半也，岂将复还为陵陆乎？"这话的意思是说，"这五百年，我已经亲眼见到东海三次变成桑田了。刚才来参加宴会，路过蓬莱，看到海水比前些年浅了一半，难道它又

要变成陆地了吗？"

王远笑着说："是啊，不久，那里又要变成陆地，又将扬起尘土了。"

宴会结束，王远、麻姑各自召来车驾，升天而去。

这是葛洪在《神仙传》里面记载的一个故事，里面出了一个典故：沧海桑田。这个典故表达了先人们对海陆变迁的一种感性认识。

后来，唐朝的大书法家颜真卿根据葛洪所记的故事，撰写了一篇《麻姑山仙坛记》。学书法的人都知道这个《仙坛记》，它

颜体《仙坛记》

是"颜体"的代表作，被历代书家誉之为"天下第一楷书"。在《仙坛记》里面，颜大师写了"高石中犹有螺蚌壳，或以为桑田所变"这样两句话。这两句话虽然很简略，但是很重要，它说明颜大师已经意识到这些螺蚌原本是水中的动物，一定是经过沧海桑田的变迁，才出现在高山的岩石之中。这在当时来说，是个了不起的科学见解。不过，"沧海"是怎么变为"桑田"的呢？颜大师可就没办法解释了。

《梦溪笔谈》记载了这样一件事。熙宁七年（公元1074年），沈括奉命巡察河北。他进行了一次野外科考：

> 予奉使河北，遵太行而北，山崖之间往往衔螺蚌壳及石
> 子如鸟卵者，横亘石壁如带。此乃昔之海滨，今东距海已近

千里。所谓大陆者皆浊泥所湮耳。尧殛鲧于羽山，旧说在东海中，今乃在平陆。凡大河、漳水、滹沱、涿水、桑干之类悉是浊流。今关陕以西水行地中不减百余尺，其泥岁东流皆为大陆之土，此理必然。

他沿着太行山往北走，发现了一个奇怪的现象：只见山崖之间，往往含有海螺海蚌的化石和鸟蛋一般的石头，像一条带子一样横贯在石壁中——他和颜大师一样，也在山崖之间看到了"螺蚌壳"。于是，沈括也得出了和颜大师一样的结论：这里显然是过去的海滨。可是，太行山现在离东边的大海已有千里之遥了，这是怎么回事呢？换句话说，现在在太行山和东海之间的这片大陆——华北平原，是怎么形成的呢？

沈括认为，这是河水夹带的泥沙淤积而成的。黄土高原泥土流失十分严重，河流中往往夹带大量的泥沙，泥沙沉积，终于导致这一带所谓大陆的形成。

从现在的观点来看，沈括的观点是正确的，他是最早科学解释华北平原形成原因的人。不过，沈括只是解释了"沧海"变为"桑田"的一种原因。流水的侵蚀、搬运和沉积作用，被现代地质学称为"外营力"，"沧海"变为"桑田"还有来自地壳内部的"内营力"，这个问题，沈括还没有认识到。我们不必苛求古人，尽管沈括只谈到地质外营力，但他的认识在当时已经是十分先进的了。

> 从现在的观点来看，沈括的观点是正确的，他是最早科学解释华北平原形成原因的人。

到了南宋，大思想家朱熹在沈括研究的基础之上，进行了进一步的思考。他认为，颜大师和沈括讲的那些螺蚌壳，原是螺蚌死去以后，在古代水中沉积的"泥土"（即沉积物）。后来地壳隆起，这个地方成为高山，而古水中松软的沉积物却变成了质地

65

坚硬的地层岩石。朱熹这个认识，深刻解释了内营力的作用，它和沈括对外营力的解释合在一起，构成了古代中国人对沧海桑田动力机制的完整认识。

这些认识，在当时世界上是处于领先水平的。根据我们现在的研究，它比欧洲起码要早三个世纪，非常了不起。

雁荡山是怎么形成的？

沈括对流水作用的认识是相当深刻的，这在古代科学家中恐怕无出其右。前面我们说的，他认为华北平原的形成，乃是因为流水的沉积作用，这是一例。接下来，我们说一说他对浙江雁荡山成因的解释。

熙宁六年（公元1073年），沈括奉命到浙江视察农田水利和新法执行的情况。借着这个机会，他又进行了一次野外科考。这一次，他考察的对象，是刚刚被发现的雁荡山。

雁荡山

雁荡山怎么说是刚刚被发现的呢？我们来解释一下。

雁荡山这个名字，和佛教有关。佛经里面有一本《法住记》，说佛祖如来在涅槃时，嘱咐十六个阿罗汉弟子，要继续度化众生。其中第五个弟子叫诺矩罗（又作诺矩那），他被佛祖派往南赡部洲，就是《西游记》里面的大唐王朝。诺矩罗到了唐帝国，他住在哪儿呢？据说就是在雁荡山。五代有位高僧叫贯休，他画过很多罗汉，其中就有诺矩罗的画像。他还在画像边题诗，其中有一句"雁荡经行云漠漠，龙湫宴坐雨濛濛"，是说这位罗汉住的雁荡山雨水很多，景色很美。不过雁荡山到底在哪儿，没人知道。想来这位负有特殊使命的罗汉，并没有认真去完成佛祖交代的工作，去度化众生，而是找了个风景优美的地方隐居起来了。

到了东晋末年，有一个山水诗人叫谢灵运，他是一位驴友。在任永嘉太守的时候，永嘉所有的山水名胜，谢灵运几乎都游历遍了，还在自己的诗里面加以吟诵。可是，他也没有提到雁荡山。永嘉就在雁荡山附近，谢灵运都没有说他到过，可见当时还没有"雁荡山"这个名字。

我们在说草根张皓的故事的时候，谈到过"澶渊之盟"，这是在宋真宗时签订的。历史学家认为，澶渊之盟对北宋来说是屈辱条约；但是条约的签订，毕竟给北宋带来了一个相对和平的周边环境。没有了外患，宋真宗就开始享乐了，他下诏在京城汴梁建造玉清昭应宫（简称玉清宫）。这个玉清宫规模宏大，只有秦朝的阿房宫才可与之比拟；每天用工达到三四万人，用了七年多时间才建成。这么大的建筑群，需要大量的建材，官府于是役使工匠进深山老林寻找。雁荡山就是在这个情况下被发现和命名的。这个雁荡山也很倒霉，它是在付出资源被大破坏的代价之

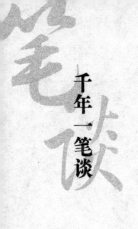

后，才为世人所知的。而那座靡费无数金钱、资源和人力建起来的玉清宫，落成之后不到二十年就毁于一场大火，据说那场火灾是天上落下一个大火球引起的。可能宋真宗也和秦始皇一样，他们的所作所为招致天谴了吧。

雁荡山被发现以后，因为景色秀美，很快名闻天下，不少文人士大夫都前来游历。沈括视察浙江时也借机去了趟雁荡山。一次在科技史上非常有名的科学考察就这样开始了。

沈括是怎么进行这次野外科考的呢？我们来看看沈括在《笔谈》中的记载：

> 予观雁荡诸峰皆峭拔险怪，上耸千尺，穹崖巨谷不类他山，皆包在诸谷中，自岭外望之都无所见，至谷中则森然干霄。原其理，当是为谷中大水冲激，沙土尽去，唯巨石岿然挺立耳，如大小龙湫、水帘、初月谷之类，皆是水凿之穴，自下望之则高岩峭壁，从上观之适与地平，以至诸峰之顶亦低于山顶之地面，世间沟壑中水凿之处皆有植土龛岩，亦此类耳。今成皋、陕西大涧中立土动及百尺，迥然耸立，亦雁荡具体而微者，但此土彼石耳。既非挺出地上，则为深谷林莽所蔽，故古人未见、灵运所不至，理不足怪也。

沈括没有直接去雁荡山，而是首先爬上了雁荡山附近的山峰。他爬上山，往雁荡那边一看，眼前一马平川，哪有想象中的沟壑纵横呢？沈括疑惑地问导游："你是不是带错路啦？"导游神秘地一笑，对他说："大人您别急，这就是雁荡山的'一奇'。雁荡山和别的山不一样，它隐没在群山之中，在外面是看不见的。"

沈括是个见多识广的人，导游这么一说，倒勾起了他极大的兴趣。他就带着随从跟着导游往雁荡山里面走。导游说得不错，沈括他们走进了雁荡山，奇秀景致才展现在面前。这时候的雁荡山可不再是"一马平川"了，雁荡山山谷深广，里面耸立着一座座山峰，"皆峭拔险怪，上耸千尺"。更有一桩奇异的事情，那就是，沈括他们从下往上看，雁荡山的各个山峰的山顶差不多是一样高的。

怎么会有这么奇特的景观呢？随从就向沈括请教。沈括联想到了黄土高原。在那里的大沟壑中，往往会耸立着高达百尺的土柱子，这是因为"水凿"（流水的冲刷作用）形成的。虽然黄土高原是泥土，雁荡山是岩石，但道理是一样的。沈括就向随从们解释说：雁荡山奇特的地质景观形成的原因，"应当是山谷中大水冲刷，把沙土都给冲走了，只剩下巨大的岩石巍然屹立在那里"。

随从又问了："这么美的景致，怎么以前都不知道呢？"沈括解释说，这是因为雁荡山形成的原因比较特殊，它不是挺立在地面上，而是隐蔽在深谷和密林之中，"故古人未见，灵运所不至"。

我们用现代语言再解释一下。雁荡各峰的高度，一般都在千米上下，在地质年代上，确实曾经处在同一水平面上；它的岩石都以流纹岩为主。后来，地壳发生不均匀的上升运动，再遭到外力的强烈作用，就形成相当平坦的剥蚀平原，这就是地质学上所谓的"古代夷平面"。以后，又经过长时期的风化和侵蚀作用，松软物质被自然搬运而去，而流纹岩性坚硬，且富于垂直节理（岩石的裂缝），所以被保存下来，这就形成了千峰竞秀的景色。而它的高峰，确是"从上观之适与地平"的景致，这样，雁

荡山就被隐没在群山环绕之中，一直藉藉无名，甚至像谢灵运这样的驴友都没有发现它。

沈括的这次野外科考很有名，他得出了雁荡诸峰形成的原因——流水的侵蚀作用。在世界范围，与沈括差不多同时的阿拉伯科学家阿维森纳也曾提出过类似的观点。七百年以后，欧洲人才追赶上来，有个叫赫顿的英国人，提出了相同的观点。

真的有"龙蛋"吗?

前面我们说到，颜大师、沈括和朱熹，都是通过研究螺蚌壳，才推导出海陆变迁的问题。这些"螺蚌壳"，其实就是古生物的化石。那么，这些古生物化石是怎么形成的呢? 我们来看看沈括的研究。

其实，化石在古代并不是罕见的东西，经常有人会见到，也早就有人开始收藏了。沈括的一个亲戚和晚辈，著名诗人黄庭坚就是其中之一。有一次，他无意中得到了一块琢磨光滑的"石头"，很是喜欢，于是在上面题诗一首:

> 南崖新妇石，
>
> 霹雳压笋出。
>
> 勺水润其根，
>
> 成竹知何日?

从诗中我们可以看出，这块石头形似竹笋。1967年，这块"竹笋石头"在江西武宁县被发现，经过中国科学院专家的鉴定，乃是"中华震旦角石"，是中国特有的一种化石。黄庭坚也就成为我国最早的化石标本的收藏者。

　　但是，化石是怎么来的呢？很少有人去问问为什么。黄庭坚虽然提出了"成竹知何日"的疑问，也没有进行过深入的思考。沈括的可贵之处，就在于他去观察、去探究，而且取得了非凡的成就。这些研究，都记载在他的《梦溪笔谈》中。我们选取仁宗、英宗和神宗三朝出现的化石来说一说。

　　先说仁宗朝。

> 　　沈括的可贵之处，就在于他去观察、去探究，而且取得了非凡的成就。

　　有一天，一个大臣求见，仁宗召见了他。那个大臣捧着个东西，连滚带爬进了大殿，口里叫着："皇上皇上，大喜大喜，天降祥瑞呀！"什么祥瑞呢？原来是一枚龙蛋——可能是一枚恐龙蛋。这枚龙蛋是从哪儿来的呢？大臣说："这是从黄河上漂来的。"黄河在我们的民族文化里，有着特殊的意义。皇帝是天子，他的标志就是龙；现在又从黄河上漂来了龙蛋，这岂不象征着大宋朝上承天运、福祚永传吗？这可是大大的祥瑞。皇帝非常高兴，重赏了那个大臣。

　　至于这个龙蛋嘛，放在宫中可不合适。宋仁宗就叫宦官把龙蛋装进锦盒，送到金山寺供奉起来。这个金山寺，也就是《白蛇传》里面法海住持的那座寺院。

　　可是这个龙蛋真是祥瑞吗？龙蛋送到金山寺不久，金山寺就被水给淹了，还冲毁了几十间房舍。原来历史上还真有"水漫金山"！至于是不是白娘子干的，我们就不知道了。这一下，就有人嘀咕了：看来，这个龙蛋是个"灾星"，它不仅没有带来好事，反而带来了灾难。不过，这只是大家私下议论，可不敢向皇上说。仁宗皇帝呢？他心里也在犯嘀咕。不过他已经钦定了龙蛋是个"祥瑞"，总不好再推翻自己的说法，这不是自己打自己的嘴巴吗？皇上和大臣们心照不宣，也就不再提这事了。那枚龙

蛋，也就放在金山寺没人过问了。

这枚神秘的龙蛋究竟是什么样子呢？沈括很好奇，后来他多次到金山寺去研究。他看到："形类色理，都如鸡卵，大若五升囊；举之至轻，唯空壳耳。"这枚龙蛋，形状、颜色和纹理都像鸡蛋，只是它特别大罢了，大小如同能装五升的袋子；不过龙蛋特别轻，仅仅是一个空壳罢了。

但是，这枚龙蛋究竟是怎么回事，沈括也不敢细究。为什么呢？因为这毕竟涉及先皇（仁宗）的体面。仁宗皇帝说它是祥瑞，那就是祥瑞。你把它研究透了，那是很犯忌讳的。沈括虽然是科学家，这一点官场避讳他还是懂的。所以沈括只是在《梦溪笔谈》里把这件事简单记了下来。

到了英宗朝，化石又出现了。

《笔谈》中是这么说的：

> 治平中，泽州人家穿井，土中见一物，蜿蜒如龙蛇状，畏之不敢触。久之，见其不动，试扑之，乃石也。村民无知，遂碎之。

在现在的山西晋城，有家人家挖土打井。他们挖开土，却见土里有一样东西，形状像龙蛇那样，还弯弯曲曲的。这是什么玩意儿？大家都很害怕，不敢触摸。过了很久，那个东西还是那么蜿蜒着，一动也不动。有一个胆子大一点的人，试着拍打了它一下，它还是不动；再摸摸，原来是石头。石头怎么会像"龙蛇状"呢？会不会是宝贝呢？那个时候还没有文物保护的观念，村里的人一哄而上，把石头打碎，一抢而空。

后来，沈括也见到了一块。这上面有鳞有甲，像蛇身上的一

样，只是它是石头，而且大一点罢了。这块石头可不是龙蛋，没有什么顾忌，所以沈括就敢研究、敢说话了。他在仔细研究以后，得出了一个结论：这东西不是什么宝贝，"盖蛇蜃所化"——只是一块蛇类化石罢了。

沈括的这个结论很重要，说明他已经可以明确认识到：化石是远古生物的遗体，经过石化而成的。这是完全正确的。不过，这个论点对沈括来说还是小意思，他还有更高明的看法。

到了神宗朝，又出现了化石。

这时候，沈括正担任鄜延路经略安抚使。他在《笔谈》中记下了这么一段：

> 近岁延州永宁关大河岸崩，入地数十尺，土下得竹笋一林，凡数百茎，根干相连，悉化为石。适有中人过，亦取数茎去，云欲进呈。延郡素无竹，此入在数十尺土下，不知其何代物。无乃旷古以前，地卑气湿而宜竹邪？

有一次，在延州一带的黄河岸堤崩塌了。这次塌陷很厉害，裂缝深达几十尺。让人奇怪的是，在裂缝中居然出现了一片竹笋林。

这个事情引起了沈括的极大兴趣，他又去进行野外科考了。来到现场，他发现，这一片竹笋林总共有好几百根，竹笋的根和干连在一块儿，已经完全变为石头了。这么大面积的石笋林是很罕见的，而且又深藏于几十尺深的地下，会不会是宝贝呢？沈括当时是经略安抚使，掌握军权，在他的军中有皇帝派来的军事观察员，古代叫监军，这些监军都是宦官。宦官们看到了这个情况，就折了几段，想献给皇帝，讨讨欢心。不过后来，大概也想

起了"龙蛋事件",怕拍马屁拍到马腿上,也就作罢了。

沈括呢,他倒没有献宝讨赏之心。作为科学家,他想弄清楚这个"石笋林"究竟是怎么来的。现在的延州,气候条件比较干燥,并不适合竹子生长。会不会有人用什么"乾坤大挪移",把它们搬来的呢?当然不会。沈括的思想还是很唯物的,他想,是不是在很古很古以前,这里地势低洼、气候湿润而适合生长"竹子"呢?然后再经过沧海桑田的变化,这些"竹子"就变成了化石。沈括觉得这个解释很合理,就把它写进《梦溪笔谈》里了。

经专家考证,沈括所看到的"竹笋化石",并不是现在的竹类植物,而是远古时代的一种蕨类植物,叫新芦木,它的外形颇似竹笋。在远古时代,它们茂盛地生长在地势低洼、气候温和的环境里。后来,地壳变迁,这类植物也就在地球上销声匿迹了;它们的遗体,也就变成化石。但这并不影响沈括的学术成就,因为沈括精辟地提出了"竹笋"之所以化为石,"乃旷古以前,地卑气湿"适合竹子生长,而后来又不适合所造成的结果。这就是说他推断出:延州这个地方,旷古以前的气候条件和地理环境与他所处的时代完全不同。可以说,沈括在解释化石形成原因的时候,同时又有了古气候学的萌芽。

沈括的这个认识,在当时是相当先进的。在欧洲,人们普遍认为化石是上帝造物时所留下的废旧物资,被他丢弃所形成的。一直到文艺复兴时期,达·芬奇才开始对化石的真实性质做了一些探讨论述。但这比沈括已经晚了四百多年。

同样在延州,沈括还进行了另外一次实地考察。这次野外科考可以说是世界闻名,那么,他考察了什么呢?

真的会"大行于世"吗?

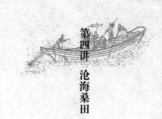

他考察的,是当时名叫"脂水"的一种东西。

那么,他为什么去考察这种东西呢?这次野外考察,不纯粹是为了科学,他还带有别的目的。什么目的:为了战备。

延州是北宋同西夏军事斗争的最前线。沈括当时担任鄜延路经略安抚使,这个职务主要是个军职,需要对西夏进行战争准备。他所考察的"脂水",就是当时北宋军队的重要军事物资。

我们来说说"脂水"。脂水这种东西是可以燃烧的,而且很早就用于军事。早在南北朝北周武帝的时候,突厥大军围攻酒泉。突厥军队使用各种攻城器具,准备强攻入城。守城部队就往外泼洒脂水,然后点燃。突厥军士赶忙浇水,试图浇灭。但是这种脂水漂浮在水面,反而燃烧得更加猛烈,攻城器具顷刻之间就被烧毁。突厥军无法攻城,不得不引军而退。

到了北宋,脂水的用法被进行了改良。宋军把脂水加工制作成"猛火油",然后放到一个个铁罐子里面。两军交战的时候,士兵们就把铁罐子投掷到敌军阵营,脂水燃烧、爆炸,可以烧毁敌军的城楼、帐幕、船只或辎重装备。这种脂水燃烧起来,用水不仅不能扑灭,它还会浮在水面上,更加猛烈地燃烧。这种装备,有点像抗美援朝战争期间,美军所使用的凝固汽油弹,在冷兵器时代,这是一种极为可怕的先进武器。宋王朝的军器监,就是专造武器的机构,下设十一作(坊),其中即有猛火油一作,大批生产这种"先进武器"。

沈括作为军事主官,附近又有脂水的产地,他当然要去看看。

那么沈括都考察了哪些情况呢?我们来看看《笔谈》里的

一段：

> （脂水）生于水际沙石，与泉水相杂，惘惘而出，土人以雉尾裛之，乃采入缶中，颇似淳漆，燃之如麻，但烟甚浓，所沾帷幕皆黑。

他考察了脂水的矿藏。这种东西，出产在水边，是在沙石与泉水相杂的地方慢慢溢出来的。那么，这种油水混合物怎么去采集（生产）呢？当地人很有办法，他们用野鸡尾部的羽毛把油沾起来，然后收集到瓦罐里，看上去像油漆一样。沈括还考察了一下脂水的储量，认为是"至多"，"生于地中无穷"，这让他非常满意。这下打仗可就不怕了。

那么，脂水采集以后，怎么储运，又怎么去制作猛火油呢？这些，在《梦溪笔谈》里面并没有记载。这是为什么呢？这是为了保守军事机密。北宋一直受到辽和西夏的军事威胁，在两军对峙中，宋军在武器上占有很大的优势。为了确保这种优势，朝廷对武器制造严格保密。用脂水制造武器，这在当时属于高度机密，沈括不可能把它记下来。泄露这个秘密，那可真是要杀头的。

在历史上，宋军的战斗力并不是很强悍。在与辽军作战中，宋军往往败多胜少；甚至对弱小的西夏军，也难以取胜。不过，辽国和西夏，就连后来攻灭北宋的金国，都先后灭亡。南宋政权，面对强大的蒙元军队的攻击，居然独立支撑了很长时间。究其原因，宋军在军事装备上的领先是一个很重要的原因。所以，宋朝廷对武器制造方面的保密是相当重视的。

不过，《梦溪笔谈》里面还是记了一点这方面的材料。那他

76

就不怕泄密了吗？沈括有两点思考，他觉得这不是军事秘密，就把它们写了下来。

第一点思考，就是他对"脂水"这个名字有异议。他觉得，这不是"水"，而是一种油；它又"生于水际沙石"，不如叫"石油"更合适。

这是一个伟大的创意！这个命名，既有科学性，又容易被人们所接受。"石油"一词被提出来以后，立刻被人们广泛采用，九百多年来一直沿用至今。现在，世界各国都把地下开采的油类物叫石油了。

第二点思考，这么多脂水，只有军事用途吗，是不是太浪费了？沈括是一个具有民本思想的科学家和政治家，他在考虑，能不能搞个"西部大开发项目"，造福当地民众呢？

石油燃烧起来像麻秆，是可以用来照明的；但它冒出来的烟很浓，把帐篷都熏黑了，很污染环境。沈括的眼睛就盯在了"烟"上，这个东西能不能变废为宝呢？

这种烟其实就是现在所说的炭黑，是制墨的基本原料。我国用烟制墨的历史非常古老，远在战国以前就开始了。最初使用的烟，大概都是用各种杂木和草烧结的（即炊灶中产生的锅烟）。这种烟被本草家称为百草霜，不仅可以用来制墨，也可以入药。《西游记》里面就有孙悟空用百草霜为人治病的故事。后来为了提高质量，人们改用松柴烧结。再后，也间用桐油、麻子油和猪油烧结，这是一种油墨。那么，同样是油墨，这种"石油烟"能不能用来制墨呢？

沈括试着扫了一些烟灰来做墨，一试之下，效果非常好。用这种油墨写出来的字又黑又亮，像漆一般，是松墨比不上的。这是好东西！"遂大为之"，也就是进行批量生产。沈括还给这种

> 这是一个伟大的创意！这个命名，既有科学性，又容易被人们所接受。"石油"一词被提出来以后，立刻被人们广泛采用，九百多年来一直沿用至今。

墨起了一个很好听的名字：延川石液。这个"西部大开发项目"终于给他弄出来了。

沈括写了一首诗，是这样的：

> 二郎山下雪纷纷，
>
> 旋卓穹庐学塞人。
>
> 化尽素衣冬未老，
>
> 石烟多似洛阳尘。

这首诗，大概是沈括完成延川石液制作以后的即兴之作。它在科技史上很有名，描写的是史上第一次对石油进行有规模的民用开发的情景。它清楚地显示出沈括在当时塞上艰苦的环境下，努力从事科学研究，及取得成绩之后难以掩饰的欢愉心态。

宋代是我国古代书法和绘画都高度发展的时期，当时的知识分子都十分关心墨的问题。延川石液一问世，就得到人们的认可，备受称誉。苏轼用过之后，称赞它"坚重而黑，在松烟之上"，评价很高。苏轼是当时文坛领袖，也是制墨的行家，他的赞誉无疑就是当时的公论。这种好墨，苏轼很羡慕，就想仿制，结果没有成功，他很沮丧。看来，延川石液在技术上也是有一手的，沈括搞了点技术保密，没有对外公布。这项技术秘密一直保守着，直到沈括写《梦溪笔谈》的时候，也没有公布出来。

沈括自己呢，他非常得意，说："此物后必大行于世，自予始为之。"好好夸耀了一番。那他为什么如此肯定呢？因为当时主要是用松烟制墨，但是由于大量砍伐松树，导致"齐鲁间松林尽矣，渐至太行、京西、江南松山太半皆童矣"，森林资源枯竭。但是石油就不同了，它"生于地中无穷，不若松木有时而

> 看来，延川石液在技术上也是有一手的，沈括搞了点技术保密，没有对外公布。这项技术秘密一直保守着，直到沈括写《梦溪笔谈》的时候，也没有公布出来。

竭"，是理想的松木的替代品。而且石油烟制作出来的墨，又好于松墨。它能不"大行于世"吗？

需要说明一下的是，沈括说"此物后必大行于世"，是说延川石液今后会占领墨业市场。现在有不少人把"此物"二字解为石油，说沈括估计有朝一日，石油必大行于世。这就讲得过了。由于科技水平的限制，沈括还不可能有那样的科学预见。

延川石液后来怎么样了呢？现在可以肯定的是，沈括在著述《梦溪笔谈》的时候，用的就是这种延川石液。但是，这种墨也没能"大行于世"。由于永乐兵败，沈括被贬，离开了延州。这个"西部大开发项目"没有继续下去，石油烟制墨的技术也没有流传下来，终于湮没在历史的长河之中了。以至于后来，人们产生了很多离奇的猜想。南宋的赵希鹄，在评论古墨的时候，特别提到延川石液。可是他已经不知道这是一种什么墨了，居然说，这可能是一种能磨出墨汁的特殊的黑石头！沈括如果地下有知，不知作何感想！

这一讲，我们说了沈括的几次野外科考。通过这几次野外考察，沈括都有很重要的发现，取得了领先世界的一些成就，并且对古代地学的发展做出了卓越的贡献。这也给我们一个启示，那就是：留心处处皆学问。沈括的野外考察，那可不是游山玩水，他看到在太行山山崖之间"横亘如带"的螺蚌壳，看到了外观"适与地平"内视却"峭拔险怪"的雁荡诸峰，看到了黄河岸边"根干相连"的"竹笋化石"，看到了"水际沙石，与泉水相杂，惘惘而出"的脂水。但是沈括可不是看看就算了，而是仔细观察客观现象，然后再进行科学分析，终于得出了科学的结论。沈括是一个"稀世通才"，但是他之所以能取得那么大的成就，不是一天到晚坐在屋子里空想，而是走出屋子，去进行科学实

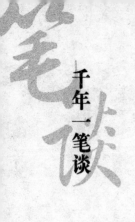

践。他处处留心，勤于思考，这才取得了非凡的成就。

在这一讲里，我们说到，沈括对流水的作用有着相当深刻的认识。作为一个封建官吏，在他的实际工作中，也会常常碰到"水的问题"，那么他是怎么处理的呢？请看下一讲《汴水留影》。

第五讲　汴水留影

沈括是怎么和治水结缘的？

为什么要修筑复闸？

高超是怎么去堵黄河决口的？

沈括是怎么测量汴渠的？

　　这一讲，我们主要讲沈括在治水方面所取得的成绩。

　　农业在古代中国是社会经济生活的中心问题，而灌溉又是农业的命脉所在，所以就有这样一句说法："治国先治水，有土才有邦。"由此可见治水的重要性。因此，无论是对于封建社会的统治者，还是各级官吏来说，治水是他们绕不开的一项重要工作。

　　而沈括在治水方面可能有点特殊。一来，他与治水结缘甚早，他刚刚参加工作，就在治水上取得不凡的成绩，这为他以后仕途的发展打下了基础。而恰恰是因为治水，他得罪了权贵，由于这些权贵的暗中陷害，他遭到贬黜，不得不离开汴京。二来，沈括对治水给予了高度的关注，并且在《梦溪笔谈》中记录了很多资料，给我们留下了许多珍贵的科技史料。这在一般封建官吏那儿，是很难做到的。三来，沈括在工程测量和土方计算方面取得骄人的成就，这足以使他跻身大师的行列，为他科学家的身份增添了一抹亮丽的色彩。

沈括是怎么和治水结缘的？

沈括与治水结缘的时候，他只有二十四岁，这是现在一个大学毕业生的年纪。作为一个初出茅庐的小伙子，他怎么会和治水扯上关系了呢？

这就要从沈括的父亲说起。

沈括的父亲叫沈周，是一个官僚。我们查阅史料，发现沈周可以算是一位"好官"。欧阳修曾经给沈周下过一个评语，说他"久列周行，屡经任使，通于政事"，对他的政绩给予了肯定。更为难得的是，沈周生平任官十三处，从未因违纪违法受到吏部的处分，这在当时的官场是十分难得的。沈周死后，沈家托当时的"名士"王安石为他撰写墓志铭，王安石答应了。在墓志铭中，王安石说沈周"廉静宽慎，貌和而内有守"，对他的品行给予了很高的评价；还说他非常宽厚，关心民生，体恤民情。沈括自小跟随父亲，父亲的做官和为人，在潜移默化中给沈括很大的影响。

不过沈周做的官都不大，大多是地方上知州一类的职务，属于中级官员，收入也不高；加上他为官比较清廉，家中没有太多的积蓄。沈周死了以后，家里失去经济来源，一下就陷入困境。这可怎么办呢？按照当时的惯例，沈括可以子承父荫，凭着父亲的官资，谋一份差事，补贴家用。这样，在守孝三年以后，沈括来到沭阳县，做了主簿（相当于县政府办公室主任）。这一年，沈括二十三岁。

第二年，县里出了一桩大事：县令跑了。县令跑了，那还得了！一个县，几十万人，总得有人管呀，于是上司下令，沈括以主簿的身份权摄县令，代理一县政事。沈括就这么莫名其妙地当

了一县之长。

原来的县令为什么跑了呢？是因为治水出了问题。

沭阳境内的主要河流是沭水，也就是现在的沭河。河中泥沙沉淀淤积，阻塞河道。每当汛期，排水不畅，河水就会泛滥成灾。前任县令在治河时，因为处置不当，导致征调来的民夫们强烈反抗，一时群情激奋，把县令给吓跑了。上司为了平息事态，临时委派沈括权摄县令，出来应付局面。其实这也有点不怀好意，因为沈括要是搞好了，则万事大吉；要是事态进一步恶化，那他可就是一只替罪羔羊了。

沈括该怎么办呢？父亲对百姓体恤爱抚的影响，加上自己初生牛犊不怕虎，想有所作为，所以沈括倒也没有推辞，慨然就任。作为主簿，他很清楚前任县令的问题出在哪儿：瞎指挥。于是，沈括立即调整政策，安定民心，一场风波还真给平息下来了。

但是沈括清楚地知道，只有彻底整治沭水，发展沭阳农业，才能从根本上缓和农民与官府的对抗局面。于是，在治标的同时，沈括着手治本——疏浚沭水。沈括调集数万民夫投入到工程当中去，由于指挥得当，安排合理，工程进行得十分顺利。全部工程只用了原计划四分之一的时间，提前竣工。不仅疏通了被淤塞的河道，还新筑了两道防洪大堤，并且"为百渠九堰"，使沿河两岸的田地得到灌溉，"得上田七千顷"。"上田"就是良田的意思，小小的沭阳一下增加了七千顷良田，农业生产的面貌由此得到了根本性的改观。

一个年仅二十四岁的毛头小伙子，做出这样的成绩，确实让人刮目相看。而这件事情，对沈括产生了两个影响：一是，他取得的政绩，为以后的仕途发展打下了基础；二是，沈括开始对治水产生了浓厚的兴趣。后来，沈括发明了两个著名的数学方法："隙积术"和"会圆术"，来解决工程计算问题。而这两个数学公式的发明，使沈括得以跻身于古代数学大家的行列。不仅如此，沈括还搜集和整理了不少水利资料，有一些就收入《梦溪笔谈》里面了。借助这些史料，我们了解了不少当时治水的情况和一些技术发明。

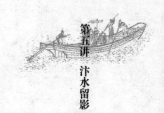

为什么要修筑复闸？

我们举一个例子。《笔谈》记载了水利航运中一项重要的工程：复闸。

古人很早就开始利用河水进行交通运输。公元前221年，秦始皇吞并六国以后，立即派出三十万大军，北伐匈奴；接着，又挥师五十万南下，平定百越。为了保障军需运输，他令史禄等人开凿沟通湘江与漓江的灵渠。

灵渠的渠道工程非常艰巨复杂，一些地段滩陡、流急、水浅，航行困难。为了解决这个问题，史禄他们在水流较急或渠水较浅的地方，设立了陡门（又称斗门），把渠道划分成若干段，再装上闸门。打开两段之间的闸门，两段的水位就能升降到同一水平面，便于船只航行。这就是船闸的雏形。灵渠最多时有陡门三十六座，因此又有"陡河"之称。

由于有了陡门这样巧妙的设计，灵渠的通航能力大大提高。秦军有了充足的物资供应，在百越战场上兵锋凌厉、势如破竹。公元前214年，也就是灵渠凿成通航的当年，秦兵就攻克岭南，随即设立桂林、象郡、南海三郡，将岭南正式纳入秦王朝的版图；加上在福建设立的闽中郡，秦朝郡级建置达到四十个，形成了中

不仅如此，沈括还搜集和整理了不少水利资料，有一些就收入《梦溪笔谈》里面了。借助这些史料，我们了解了不少当时治水的情况和一些技术发明。

不仅如此，沈括还搜集和整理了不少水利资料，有一些就收入《梦溪笔谈》里面了。借助这些史料，我们了解了不少当时治水的情况和一些技术发明。

国历史上第一个大一统的中央集权制国家。

这种船闸的设计被延续了下来。人们在水位落差比较大的河段，拦河筑坝，使上下游水势可以相对平稳；中间设船闸，便于船只通过。那船只怎么渡过船闸呢？人们在船上绑一条绳索，用人力、畜力或者绞车来牵引。这种操作方法，不仅有人力、物力的消耗，而且受到气候和水文条件的限制，船的载重也要受到影响，于是人们就想到通过修建复闸来解决这个问题。

复闸是在河道上有大的落差的地段同时修建两道闸门，用以节制水流。当船上行时，关闭下游闸门，让上游的河水进入闸门区以抬高水位，这时候船也会随之浮起，当闸门区的水位升到与上游水面齐平时，船便可以平稳进入上游。当船下行时，关闭上游闸门，开启下游闸门，闸门区水位平缓下降，船也随之落下，然后平缓地进入下游。复闸的修建，在我国历史上是从唐代开始的。欧洲直到1373年才在荷兰建成运河复闸，比我国至少晚了三四百年。

那么，复闸与单闸相比，究竟有哪些优势呢？《笔谈》记载了真州闸（复闸）修建后的情况，给我们提供了比较详尽的数据比较：

> 岁省冗卒五百人，杂费百二十五万。运舟旧法舟载米不过三百石，闸成，始为四百石。其后所载浸多，官船至七百石；私船受米八百余囊，囊二石。自后，北神、召伯、龙舟、茱萸诸埭，相次废革，至今为利。

我们可以看到，真州闸修建以后，在人力和物力上都有了很大的节省：与过去的单闸相比，可以裁减冗员五百人，节约费用

一百二十五万。不仅如此，行船的载重量也增加了。由过去的每船不过三百石，增加到七百石，载重量增加了一倍多；至于民船，载重就更多了。由此看来，修筑复闸的确是一个利国便民的好方法，《笔谈》给我们留下了一则珍贵的水利资料。

由于复闸在改善航运条件方面发挥了巨大的作用，所以在北宋很快推广开来，北神、召伯、龙舟、茱萸等地相继开始修筑。到了现代，这种复闸仍然有广泛的应用，如目前世界上最大的船闸——三峡船闸，就是一座现代化复闸。

高超是怎么去堵黄河决口的？

此外，《笔谈》还记载了一些很重要的技术创新和发明。其中有一个叫"三节压埽（音：sào臊）法"，它的发明人是一个草根：水工高超。

我们先来说说"埽"。埽是预先制作好的、用来堵塞决口的东西。它是一种以秫秸、芦苇、树枝、泥土、石块等为主体，用绳索或竹索捆扎起来而成的简易制件，形状就像一支硕大无朋的蛋卷。这东西用来堵塞决口，效果很好。由于决口一般很宽，所以埽也会制作得很长，有时一节埽长达百米，体积庞大。

古代堵塞河堤和现在差不多，就是先在决口的两边投放土石，逐步往中间推进。等到推进到一定距离，决口比较小了，再从两边同时牵住一节埽，从决口处放下，用力下拉，埽沉入水底，就可以把决口堵住了。这叫"压埽"，也叫"合龙门"。决堤能否堵住，"功全在此"，也就是说，"压埽"是堵住决口的关键所在。

但是，由于决口水流湍急，埽也是临时制作的简单制件，不

是很牢固，它真的能堵住决口吗？我们来看看宋仁宗时的一次黄河大决堤。

庆历年间，黄河在商胡这个地方决堤了，决口宽800多米。滔滔黄河水滚滚而出，淹没了大批良田，冲毁民房数万间，守卫边防用的战备粮草、器材也损失了八九成。形势十万火急，朝廷派了三司度支副使郭申锡去督办堵口。

郭申锡这个人也算很敬业，他带领当地的卫戍司令贾昌朝前往现场，指挥施工。经过上万民夫的昼夜鏖战，原来800多米的河堤决口，已经收缩至不到百米。民夫们开始下埽，但是黄河正值汛期，上游水势不减，决口处水流更加湍急，埽被冲断拆散，秫秸和泥石随水流泻，"久之未塞"。民工们夜以继日，不停地苦干，精疲力竭，真是又累又沮丧。

这时候，一个叫高超的年轻河工跑过来对郭申锡说："埽身太长，人力不能压，埽不至水底，故河流不断，而绳缆多绝。"这话的意思是说，我们用的这种埽太长了。河水一冲，它就漂在水面上。决口两边的人虽然用力下拽，可是水流太急了，绳缆都被拉断了，埽就是不能沉到水底，所以决口堵不住。

郭申锡心想，我就在河边站着，这情况我还不知道吗？就问高超："你有什么办法？"

高超说："我的办法，就是把这百米长埽截成三节，然后把它们用绳索连接起来。下埽的时候，先压下第一节，等它到底后再压第二、第三节，这样的话就可以堵住决口了。"

郭申锡还没说话，旁边的一位老河工就大摇其头："不行不行，绝对不行。长埽都堵不住，短埽哪能行呢？而且按照高超的主意，我们每节埽都要分布人力物力，这就造成成倍的浪费！"

大家议论纷纷，莫衷一是。站在一旁的卫戍司令贾昌朝让高超说明一下自己的理由。

高超说：

> 第一埽水信未断，然势必杀半；压第二埽，止用半力，
> 水纵未断，不过小漏耳。第三节乃平地施工，足以尽人力处
> 置。

我们来翻译一下，高超是这么说的："老河工说得对，压下第一节埽确实不能断流，但水势必然减弱一半。这样，压下第二节埽的时候，只要用一半力气就够了，人力也会减省。这时候，即使水流还没有截断，也不过是小的渗漏罢了。我们再压第三节埽，这样的高度等于是平地施工嘛，哪会再浪费人力呢。"

有人还是觉得高超的办法不可行。一来从来没有人尝试过，二来这个方法要连下三埽，确实也比较烦琐。郭申锡综合大家的意见，还是决定使用老办法。但是老办法依旧没有效果，长埽反复被冲走，刚堵好的河堤决口又被冲开，而且越来越大。堵决堤再次失败，郭申锡因此被撤职、贬官。

现场上，只有贾昌朝觉得高超的办法是对的。但是他的官职比较低，怎么好反驳钦差大臣的决定呢？不过，他也留了个心眼，暗地里派遣几千士兵到下游去捞取被河水冲下去的埽，以备不时之需。郭申锡被撤职之后，现场一时无人指挥，贾昌朝赶紧请高超发号施令。他就用捞起来的这些旧埽，调动民工制作短埽，用高超的办法，分节下水，终于巧合龙门，堵住了黄河大堤的决口。

堵住了别人没有堵住的决堤，这是一个政绩。贾昌朝接连获得提升，后来做了宰相，被封为魏国公。那个"三节压埽法"的

发明人高超呢？从来没有人提起，如果没有沈括在《梦溪笔谈》的记录，这个草根将可能永远被人遗忘了。

黄河决堤在我国历史上是经常发生的事。为了对付河患，人们创制了埽。每当大堤溃决，就用埽去堵口抢险。据《汉书·河渠志》记载，汉武帝在瓠子口（今河南濮阳）堵黄河决口时，下令"群臣从官自将军以下，皆负薪置决河"，堵住了决口。史书上虽未详述薪柴的具体制作方法，但这是有关埽的最早记载。

这种方法一直沿用至今。1981年，葛洲坝水利枢纽进入攻坚阶段，要截住长江水流。拦河大坝从两边向中间推进，到了最后，只剩中间一个缺口。工人们把水泥制件用钢丝串联起来，投入江中，终于堵住了缺口。亘古以来奔腾不息的洪流，被葛洲坝拦腰斩断。香港的《南华早报》认为这"和美国把宇航员送上月球一样了不起"。这个了不起的工程，就用了埽这种基本思路。只不过，以前是用来堵黄河决口，现在是用来截长江而已。

河工高超发明的"三节压埽法"，这是对历来使用的埽的一种改进。但因为这一方法不是"祖宗旧制"，所以自然不会被墨守成规的官吏所采纳，也不为因循守旧的河工们所接受。然而事实证明，高超的"三节压埽法"果然"高超"，是堵塞河决的有效措施。沈括记录了这件事，无疑是对那些抱残守缺的人的批评，也是对那些勇于创新的人的赞颂。

《笔谈》还记载了另一个"创新"的故事：

> 陕西因洪水下大石，塞山涧中，水遂横流为害。石之大有如屋者，人力不能去，州县患之。雷简夫为县令，乃使人各于石下穿一穴，度如石大，挽石入穴窖之，水患遂息也。

> 沈括记录了这件事，无疑是对那些抱残守缺的人的批评，也是对那些勇于创新的人的赞颂。

陕西某地发大洪水，引发泥石流。巨石阻塞河道，引发水患。小型的石块，可以清理；但是有的石头大到像一间屋子，那时候火药还没有普及到民用上，这该怎么办呢？"州县患之"。就在大家一筹莫展的时候，县令雷简夫来了个脑筋急转弯，他想：既然清理不走，干脆就地解决嘛！于是他派人在巨石底下挖洞，估计洞深像石头那样大时，就让人在上面把石头推入洞里。没有巨石阻拦，河道就通畅了，水患也就平息了。

这些创新的事例也给沈括一个启示：治水之事，事关国本，需要用心，更要敢于创新。只有根据实际情况，善于创新，才能把水治好。这个"不断创新"的思想，在沈括后来的治水工作中不断闪现，并且他也因此取得了了不起的成就。

那么，沈括究竟都是怎么去创新，并且取得"了不起的成就"的呢？

> 这个"不断创新"的思想，在沈括后来的治水工作中不断闪现，并且他也因此取得了了不起的成就。

沈括是怎么测量汴渠的？

我们来看看沈括后来的一项治水工作。

熙宁五年（公元1072年），神宗皇帝交给沈括一项工作——疏浚汴渠。这是当时朝中的一件大事。神宗为什么把这个差事交给沈括呢？因为沈括曾经成功治理过沭水，他有治水的工作经验。

那为什么说疏浚汴渠是当时朝中的一件大事呢？这要从汴渠本身说起了。

汴渠是一条人工运河，开凿于战国时期，是沟通黄河与淮河的重要水道。由于时间长了，人们都不太记得汴渠是一条人工河，而认为是一条天然河，所以也称汴渠为"汴水"。东汉初期

黄河水患频仍，百姓深受其苦。永平十二年（公元69年），汉明帝召见水利专家王景，询问他治水的方略。王景分析了黄河水患的原因，提出了增固黄河堤防和疏浚汴渠的建议。汉明帝大为赏识，于是赐王景《山海经》、《河渠书》、《禹贡图》等地理书，并发兵夫数十万，开始了治理工程。王景亲自勘察地形，他沿着汴渠，从河南荥阳始，过开封、徐州，到了泗水。在此基础上，他规划了裁弯取直、疏浚浅滩、加固险段等方案。一年后，工程竣工。明帝沿渠巡视，深为赞赏。经过这次治理，黄河八百年间没有大的水患。

赵匡胤陈桥兵变，建立宋政权，定都汴梁（今河南开封），而汴梁附近的汴渠就成为首都的重要漕运通道。当时，大量的官私物资都通过汴渠运送。据《宋史·河渠志》记载，汴渠"岁漕江、淮、湖、浙米数百万，及至东南之产，百物众宝，不可胜计"。宋仁宗曾经叹息说："天下转漕，仰给在此一渠水。"意思是说，天下转运到首都的物资，全部都依赖这汴渠一渠之水。所以，天下水道，"莫此为重"。由于以汴渠为骨干的航运交通网所发挥出的巨大作用，开封得以快速发展，城中"养甲兵数十万，居人百万家"，成为当时世界上最大的城市之一。

但是，汴渠有一个很致命的问题：泥沙。为了保证航运畅通，北宋朝廷大量引黄河水入汴渠。而黄河水中夹带的大量泥沙，在流经汴渠时，又慢慢沉淀。本来引黄河水是为了畅通航道，结果反而阻塞了航道。每到黄河汛期，汴渠很容易因排水不畅而引发水患。因此，如何疏浚汴渠、根治水患成为北宋历代皇帝最关心的问题之一。

根据沈括在《梦溪笔谈》的记载，

国朝汴渠，发京畿辅郡三十余县夫岁一浚。祥符中，阁门祗候使臣谢德权领治京畿沟洫，权借浚汴夫。自尔后三岁一浚，始令京畿民官皆兼沟洫河道，以为常职。久之，治沟洫之工渐弛，邑官徒带空名而汴渠有二十年不浚，岁岁堙淀。异时京师沟渠之水皆入汴。

北宋初年，国家为了确保汴渠畅通，每年征调京城及其附近三十余县的民夫疏浚一次。这样大规模的工程，劳民伤财。到了宋真宗时期，他接受大臣谢德权的建议，命令京畿路内的各地方长官要负责本辖区内汴渠河段以及与汴渠相连接的沟渠的疏浚工作，并规定每三年疏浚一次。这种将河道疏浚工作具体落实到位的做法，分工明确，责任到人。在开始执行的时候，确实收到一定的成效。但是时间长了，各级官吏就懈怠了，甚至出现了"二十年不浚"的情况，致使汴渠年年淤积阻塞。更有甚者，官员们在疏通京城附近的沟渠时，也将这些沟渠的水引入汴渠，使得汴渠河水淤积阻塞的情况更加严重。沈括说，到了神宗年间，

自汴流堙淀，京城东水门下至雍丘、襄邑，河底皆高出堤外平地一丈二尺余，自汴堤下瞰，民居如在深谷。

汴渠有相当长的一段河床底部高出堤外平地达一丈二尺多，从汴堤上往下看民房，民房如同处在深谷中。这一段汴渠已经成为"地上河"，万一河堤决口，堤下的千家万户都将淹没在汪洋之中，后果不堪设想。

王安石变法期间，治理和疏浚汴渠就提上了议事日程。汴京是变法运动的中心，假如漕运不继，京师的仰给得不到保证；或

者汴渠决口，淹没大批人口和良田，首都人心不稳，如何能够稳步地推进变法？而这个重任就交给了沈括。

沈括该怎么疏浚汴渠呢？

当时朝中有两种意见。一种是"淤田法"。就是在汴渠水大流急时，故意掘开一段堤岸，让汴渠的水把河床的淤泥冲刷到堤外的盐碱荒滩上。这样反复做几次之后，既可为汴渠清淤，又可造地，变荒滩为良田。这一种是王安石所倾向的，但是旧党强烈反对。因为"淤田"实际上是在盐碱地上铺一层淤泥，在这样的土地上能种庄稼吗？所以他们指责淤田无益，"其薄如饼"；妄兴水利，劳民伤财。另外一种是"导洛清汴"。就是把泥沙较少的洛河水导入汴渠，改变汴渠的水质。这种意见倒是由旧党成员提出来，新党并不完全认同，因为工程量实在太大，而且还缺少相关的工程数据。两种意见有点针锋相对，沈括倾向哪一种呢？

沈括并没有一味地倒向变法领袖王安石。作为一位科学家，他还是比较实事求是的。这是他和一般封建官吏很不一样的地方。

汴渠到底有多少淤泥呢？沈括来到开封东面数里的白渠（汴渠的一段），在河道里挖掘了一口井，一直挖到三丈深才见到当年的旧河底。沈括用挖井的方法弄清楚了汴渠的淤积情况，即：千年淤积三丈，平均每年积厚三分。——这么多的淤泥，应该是可以利用的。沈括于是又考察了"淤田法"。

沈括并没有一味地倒向变法领袖王安石。作为一位科学家，他还是比较实事求是的。这是他和一般封建官吏很不一样的地方。

> 熙宁中，初行淤田法。论者以谓《史记》所载"径水一斛，其泥数斗，且粪且溉，长我禾黍"，所谓"粪"即淤也。予出使至宿州得一石碑，乃唐人凿六陛门发汴水以淤下泽，民获其利，刻石以颂刺史之功。则淤田之法其来盖久矣。

沈括沿汴渠到了宿州，在那个地方，他见到了一块石碑。石碑记载的是唐朝人截引汴河水对下游的沼泽地进行淤田，淤田的效果很好，百姓得到了利益，所以刻了石碑来赞颂刺史的功绩。由此可见，淤田之法古已有之，也确实是一件福国利民之举。这就驳斥了旧党的谬论。

但是"淤田法"真的就很好吗？那也不见得。沈括了解和记录了这样一则资料。

> 熙宁中，濉阳界中发汴堤淤田，汴水暴至，堤防颇坏陷，将毁，人力不可制。都水丞侯叔献时莅其役，相视其上数十里有一古城，急发汴堤注水入古城中，下流遂涸，急使人治堤陷。次日，古城中水盈，汴流复行，而堤陷已完矣。徐塞古城所决，内外之水平而不流，瞬息可塞。

汴渠流域的濉阳县在淤田的时候，就差点儿出事。怎么回事呢？县里面掘开堤坝，引汴渠水淤田，可是没想到洪水暴涨。这时候，堤防都已经挖开，眼看就要溃决成灾了。此时，负责工程的都水丞侯叔献（是王安石的学生，擅长治水）正在现场。他查看了汴渠沿岸的地形，发现在上游几十里处有一座古城，已经荒废了。侯叔献立刻叫人挖开古城附近的河堤，把洪水引入古城。汴渠下游的水位立马就降低了，侯叔献立即动员人力抢筑堤防。第二天，古城积满了水，洪水又流回了原河道，但下游的堤防已经修复完毕了。这时候，侯叔献叫人慢慢地堵塞通向古城的决口，因为堤内外的水相平而没有急流，所以很快就可以堵塞好。一次大灾难由此避免。

看来，淤田也存在一定的危险系数，并不很牢靠。因为水势

不可控，一旦上游发洪水，下游堤坝又已经掘开，就很容易发生一场人为的水灾。潍阳县的这个案例，如果不是侯叔献有点运筹学的思想，采取了分洪治水的办法，一场大祸将不可避免。再加上淤田需要反复多次决堤，既费事也不安全。而且，要把所有的淤泥都清理出来也是不现实的，所以，"淤田"只能是一种方法，疏浚汴渠不能完全靠它。

那么，"导洛清汴"的办法又如何呢？

"导洛清汴"的办法，改变了汴渠的水质，应该说是一个治本的办法。这可能是沈括比较倾向的。但是，它缺少工程数据。

沈括科学家的才能此时得到了充分的发挥，他对汴河两岸的地势高低、水流缓急、河床深浅等进行实地考察，并且给出了汴渠的两个基本数据：渠长和高度差。

沈括测量了从京都汴梁到汴渠入淮河口泗州的距离，为840里130步。这个长度是拿尺子一段一段量出来的，对沈括来说没有任何困难。但是这两地的高度差有多少呢？这可让沈括颇费思量了。

著名科学家竺可桢说，沈括此时要进行的是地形测量。古代希腊人曾经测量过海的远近，古代罗马人也测量过街道的长度，但都没有测量过地形高度差，他碰到了一个世界级的难题。那么，沈括该如何解决这个世界级的难题呢？

我们来看这一段：

> 验量地势，用水平、望尺、干尺量之，亦不能无小差。汴渠堤外皆是出土故沟水，令相通，时为一堰节其水，候水平，其上渐浅涸，则又为一堰，相齿如阶陛，乃量堰之上下水面相高下之数，会之乃得地势高下之实。

沈括说，测量地势，若用水平、望尺和干尺这些传统工具来测量，不能没有小的误差。八百多里远距离测高差，积累下来误差就太大了。那该怎么办呢？

必须在测量方法上进行创新！

沈括的眼光移向了汴渠的河堤之外。在汴渠河堤外，是原先修堤取土时留下的一条土沟，它的长度和汴渠一样。沈括想到了一个办法：他派民工挖通土沟，引进汴水，这就成了一条和汴渠一样长短的小河。沈括在这条小河上做起了文章。他命人在小河的泗州一端拦河筑坝，河水受到堤坝阻挡，水位升高，当河水快要溢出来的时候，他让人在这个地方再筑一个坝，坝内河水的水位继续升高，当河水快溢出来的时候，再筑一个坝，……这样一个一个筑坝，一直到汴梁。然后，沈括让人把两个坝之间的高度量出来，累加起来，便是汴梁到泗州的地势差。

我们打个比方，大家去八达岭爬长城。八达岭有多高呢？很简单，你把一个个台阶的高度加起来就行了。——这就是沈括发明的办法。这种方法实在想得巧妙，当然，他要是没有实践经验是根本办不到的。

沈括测得汴梁到泗州地势高低的实际数据，是19丈4尺8寸6分。单位竟精细到了寸分，可见，沈括的治学态度是极其严肃认真的。

这种测量地势的方法，沈括取名为"分层筑堰法"。这一方法是我国测绘技术史上的重大成就，在世界水利史上是一个创举，开创了地形测量的先河。国外进行地形测量最早的是俄国对顿河的测量，比沈括晚了六百多年。

那么，疏浚汴渠的工程后来到底怎么样了呢？沈括没有参与。鉴于沈括的治水经验，第二年，也就是熙宁六年（公元1073

> 这种测量地势的方法，沈括取名为"分层筑堰法"。这一方法是我国测绘技术史上的重大成就，在世界水利史上是一个创举，开创了地形测量的先河。

年），他被派赴两浙，督察农田水利。在那里，他所提出的政策措施得罪了当权人物吕惠卿。吕惠卿后来向神宗皇帝进谗言，导致沈括的第一次被贬，他被贬到宣州做了一个地方官。可以说，沈括的这一段仕途生涯，"成也水利，败也水利"。这就是一位正直的科学家在封建官场上的命运！

七年以后，导洛清汴工程启动。关于这个工程的具体情况，由于缺乏史料，我们也不大清楚了。但是沈括所提供的数据无疑起了极为重要的作用。此项工程实施后不久，汴渠便出现了史书记载的漕船昼夜不绝的繁华景象。

五十年以后，到了宋徽宗年间。当时的国家书画院的画师张择端，画了一幅五米多长的画，把它进呈皇帝。徽宗皇帝非常欣赏，就用自己著名的"瘦金体"亲笔在图上题写了"清明上河

清明上河图（局部）

图"五个字，他也成了这幅画的第一位收藏者。这就是中国最著名的画作之一——清明上河图的由来，这幅名画主要画的就是汴渠两岸的繁华景象和自然风光。

我们在欣赏这幅画的时候，可曾想到，这个繁华景象，其中也有沈括的一份功劳呢？是否还可以看到，在汴水河畔一个曾经忙碌的身影呢？

这一讲，我们说的"分层筑堰法"是沈括在测绘技术上的一次重要创新。其实，沈括在测绘方面还有很多成就，他把测绘出来的数据用到了一个新的领域——制图。那么，沈括在这个新的领域又做了哪些事情呢？请看下一讲《地图瑰宝》。

第六讲 地图瑰宝

沈括为什么会制作立体地图？

宋廷为什么要制作《天下州县图》？

沈括是怎么制作《天下州县图》的？

《天下州县图》给沈括带来了什么？

　　这一讲，我们要说说《梦溪笔谈》里面记载的两幅地图，这两幅地图都是沈括自己亲手制作的。

　　关于地图，我国古代有很多有趣的故事，例如荆轲刺秦王，这个故事大家都耳熟能详了。秦王王宫的防卫本来是很严密的，"秦法，群臣侍殿上者，不得持尺兵。诸郎中执兵，皆陈殿下，非有诏不得上"。接近秦王的群臣，都不许带"尺兵"，而侍卫们呢，虽然拿了兵器，却没有命令不得上殿，这样的防范措施，可以说是"水泼不进，针插不进"了。但是，燕国的使臣荆轲，带着燕国督亢地区的地图来朝见嬴政，表示臣服。"秦王闻之，大喜"，在咸阳宫接见了荆轲。这样，荆轲就轻轻巧巧地避开王宫守卫，来到秦王案前，他展开地图，"图穷而匕首见"。这位千古一帝秦始皇，也有犯迷糊的时候，因为一张小小的地图，差点儿被荆轲刺杀。那么秦王为什么会犯这样一个低级错误呢？因为他看重的是地图的政治意义，它象征着国家的领土和主权。

　　类似的故事，我们还可以在古代的文学作品里找到。在《三国演义》中，就有一个张松献图的故事。

太守刘璋，因为"南有孙权，北有张鲁，西有刘备"，益州岌岌可危，为求自保，就派别驾（官名）张松，去见曹操，表示归顺。这个张松，生得"额镬头尖，鼻偃齿露，身短不满五尺"，长得挺对不起观众。这时候的曹操，刚刚击败马超，正值志得意满，放眼天下，他也没有把刘璋看作是对手。对待益州的策略，曹操是想让张鲁和刘璋先斗起来，他好渔翁得利。所以曹操并没有把益州来使放在心上，再加上他看张松形象丑陋，就很轻慢他。

当时群雄割据，张松毕竟代表了一股不小的势力，所以他也要据理力争，争取自己一方的外交利益，结果他顶撞了曹操。曹操要杀张松，经属下解劝，方免其死，令乱棒打出。这种待遇，对于张松可以说是奇耻大辱，而对于益州政权来说也面临生存的危机。

张松在回益州的路上，碰到了早已奉孔明之命等候他的赵云，就和赵云一起去见刘备。刘备可是个有心人，他说过："操以急，吾以宽；操以暴，吾以仁；操以谲，吾以忠。每与操反，事乃可成耳。"他礼貌周到地接待了张松，并没有因为张松的长相而慢待他。刘备的诚意让张松很感动，在临别的时候，就把自己画的西川地理图送给了他，并劝刘备"取西川为基"。

张松送刘备地图说明了什么呢？固然，刘备取西川必须要有地图。但是张松献图的行动，代表了人心所向，表明在群雄争霸的时代，西川的士人和百姓选择了"明公"刘备，放弃了"暗弱"的刘璋。

所以，在古代，地图的作用不仅仅是方便人们的生活，它还有着重要的政治和军事意义，因此，制作地图，往往是带着某种政治或者军事目的。沈括制作的两幅地图，也是带着这样

的目的。

我国是制图学最发达的国家之一。早在先秦时代，我国就已经有地图了。到了晋朝，学者裴秀还总结出了"制图六体"的理论。沈括与众不同的地方是他富有创新精神，并且结合了自己的测绘技术和科技发明，这使得他的地图更加直观、更加精确，取得了超越前人的杰出成就。在当时，这两幅地图可是让沈括"名动天下"。

那么，这是两幅怎样的地图呢？

沈括为什么会制作立体地图？

我们先说第一幅。

第一幅地图不是平面的，而是立体的。沈括怎么会想到制作一幅立体地图呢？这和他的工作有关，因此这是一项职务发明。我们来看《笔谈》中的一则笔记：

> 予奉使按边，始为木图写其山川道路。其初遍履山川，旋以面糊、木屑写其形势于木案上，未几寒冻，木屑不可为，又镕蜡为之，皆欲其轻，易赍故也。至官所则以木刻上之，上召辅臣同观，乃诏边州皆为木图，藏于内府。

熙宁七年（公元1074年），沈括任河北西路察访使，督查边境防务。

河北西路（北宋的一级行政区划）地处北疆，与辽国接壤，是北宋时期非常重要的军事地带。王安石变法以后，朝廷在军事战略上也有所调整，由过去对辽的单纯防御转变为防御与进攻相

在页边框内的文字：

沈括与众不同的地方是他富有创新精神，并且结合了自己的测绘技术和科技发明，这使得他的地图更加直观、更加精确，取得了超越前人的杰出成就。

结合。这种转变引起了旧党的不满，他们认为这样会激怒辽国，引来战争。新旧两党各执一词。宋神宗派沈括去河北西路，是希望他能够发挥才干，推行"新法"，落实朝廷新的军事战略。

老板交代任务了，做下属的当然要不折不扣地去完成。沈括在河北西路进行了深入的考察。一番调查研究下来，沈括有两个心得。第一个心得，过去旧党对辽国的战略过于被动。旧党坚持的做法是一味妥协忍让，不敢构筑积极的防御体系，生怕这样做会招惹辽国方面的不满，招致战争。可是如果只是着眼于单纯的防御，战争一旦发动，北宋就会处于被动挨打的局面。因此，旧党的坚持是没有道理的。第二个心得，宋辽边境情况复杂，战备工作应该因地制宜。从这个角度说，新党所提出的一些具体措施并不符合边境的实际情况，也有待改进。

沈括的这两个心得，如果在朝廷上说出来，他预料会有两个结果。一个结果，旧党会用各种方法进行狡辩，两方面谁也说服不了谁，最后不了了之，这会干扰新法的推行。另一个结果，他会引起神宗和王安石的不满。因为指责新法有误，这在一定程度上挑战了老板的权威，他们会认为沈括是在阻碍新法的推行。

如果沈括只是一个普通官员，他可以大赞新法是如何如何地好，一味地迎合上级，让神宗和王安石他们满意，最后加官进爵。但是沈括还是一个科学家，科学家的良知不允许他这么做。那么，沈括该怎么办呢？

这还真没有难倒沈括，科学家有科学家的解决办法。沈括想到了一种很"给力"的工具——立体地图。在南北朝时期，宋朝的谢庄曾经创制了"木方丈图"。这是一种木质地图，把山川土地雕刻成立体模型，然后按州郡的方位拼合成一幅完整的地图。自己能不能也制作一幅立体地图，把边境态势直观地展现在大家

面前，然后再进行解释说明，不就可以解决问题了吗？

有了这个想法，沈括就带着定州安抚使薛向一起，去进行实地勘测。当时宋辽边境不是很安定，他们进行野外勘测很容易惹人注意，甚至引发外交纠纷。为了掩人耳目，沈括他们就假称是"畋猎"（打猎）。一行人带着测量工具，还带着弓箭，"遍履山川"，在野外打了二十多天的"猎"才回来。他们得到猎物并不多，可是相关数据都已经搜集好了。

回到官衙，沈括找来木板和木屑。他把木板平放，上面用木屑堆砌起伏的地形。木屑是散状的，容易堆出各类地形；但是也容易变形，甚至一阵风就会把堆制的模型吹得面目全非。沈括就用面糊把木屑黏合起来，使模型定型。不久进入冬季，面糊很容易冻结，沈括又把蜡溶解了代替面糊。堆积成地形骨架后，沈括在上面标出了道路、城寨、军事要地等。这样，一幅北宋边境立体地图就初步制作好了。

用木屑、面糊和蜡作为材质，沈括说，这是为了使制出的地图模型重量轻而便于携带，并不能长久保存。回到京师，沈括在原图的基础上，让人用木头雕刻，这样就可以长久保存了。

沈括朝见皇帝，神宗召集各位大臣来听沈括的工作报告。沈括命人把木刻地图抬上大殿，满朝文武非常惊异。站在立体地图前，整个北方边疆的地形、敌我态势历历在目，形象直观，然后沈括在神宗皇帝和众位大臣面前侃侃而谈。这个立体地图果然很"给力"。这一下，反对新法的旧党分子哑口无言了；而新党成员也觉得新法确有调整的必要。沈括的目的终于达到了。

排除了新法推行的阻难，神宗皇帝当然高兴。不过他对沈括的地图却更加欣赏，这真是一个了不起的创造！神宗下令推广，并且诏令边防各州都要把地理形势刻成木图，送到皇宫内库收藏，便于朝廷进行决策。

于是，沈括的木图制作方法很快便被推广到边疆各州，在当时的边防事务中发挥了重要作用。有人认为，沈括的制图法可能还影响了宋代其他学者的地图编制工作。南宋有个著名学者叫黄裳。大家不要误会，这是历史上的真实人物，可不是金庸先生笔下虚构的《九阴真经》的作者。他在制作《舆地图》时，就曾经"以木为之"。这幅木地图影响很大，朱熹很是羡慕，就专门拜访了黄裳，向他讨教，自己也想弄一幅出来。可是这位大思想家脑子灵光，手上的功夫却很差劲，最终也没有弄出来。在欧洲，直到十八世纪才创制出第一幅地理模型图，比沈括的木质地图晚了七百多年。

沈括做的木质地图不仅给神宗皇帝，也给满朝文武大臣留下了深刻的印象。两年以后，熙宁九年（公元1076年），朝廷打算绘制一套全国性的地图——《天下州县图》，这个任务毫无争议地落到了沈括的头上。

这是一个怎样的任务呢？

宋廷为什么要制作《天下州县图》？

其实，在《天下州县图》之前，朝廷有一套《天下州府军监县镇图》。这套地图已经"精详"到县镇一级的行政单位，很了不起。不过，这套地图也有着古代地图的通病，那就是基本上是政区示意图，而于山川地形，往往不够准确。这样的地图，对于雄心勃勃的神宗皇帝来说还是很不满意的。沈括的木质地图给大家一个启发：能不能把这样复杂的地形地貌也描绘进地图呢？如果能，看来就只有一个人可以去做，是谁？当然是沈括。

沈括接受了这个任务。他"遍探宇内之书，参更四方之论"，一年以后，画出了草图。就在这个时候，沈括被贬去宣州，绘制地图的事情，朝廷也就不了了之了。后来，沈括被重新起用，担任鄜延路经略安抚使，在与西夏的作战中，因永乐城兵败，又再次被贬，而且人身自由也受到了限制。永乐兵败，在神宗朝是一个很重要的事件，它对宋神宗的打击很大。神宗为之"对辅臣恸哭"；加上他推行新法挫折重重，富国强兵的梦想终遭破灭，不久就病故了。

神宗死后，儿子哲宗继位。这时候，旧党得势，新党成员遭到贬黜，朝堂之上，再也没有沈括的信息。过了几年，哲宗元祐三年（公元1088年）的一天，内侍过来汇报：沈括呈上了一份奏折，还有一大堆东西。

沈括向哲宗呈上了什么东西呢？原来就是那套神宗要他制作的《天下州县图》！沈括花了十二年时间，五易其稿，终于完成。从这里，我们可以看到沈括作为科学家的坚韧，以及作为士大夫的忠诚！

那么，这十二年来，沈括都是怎么制作《天下州县图》的呢？他都做了哪些艰辛的工作呢？由于史料的缺乏，我们已经不是很清楚了。不过，我们倒是可以说一说沈括在制图过程中所取得的重要成就，从中略窥他制图工作的一斑。

那么，沈括都取得了哪些成就呢？

沈括是怎么制作《天下州县图》的？

我们总结了一下，沈括在制作《天下州县图》的过程中，取得了两方面的成就：一是测绘仪器上的革命，这使得沈括可以得

> 沈括花了十二年时间，五易其稿，终于完成。从这里，我们可以看到沈括作为科学家的坚韧，以及作为士大夫的忠诚！

到非常精确的制图数据。二是绘制方法上的创新，这就使得沈括的地图更加准确，而且还能大规模复制。沈括在这两方面的成就，都是超越前人的。

我们先说第一个方面。

沈括制作《天下州县图》所需要的资料是从哪里来的呢？

据他在工作汇报里说，地图里面的内容"并据臣在职日已到文案为定"。也就是说，都是以他在三司使任上所得到的报上来的资料为准，这主要是文字资料。但是，这样全国规模的地图，单靠文字材料是绝对不行的，必须进行实地勘测。而要说到地理勘测，沈括可是行家里手，这难不倒他。

关于他在十多年中，用了哪些仪器，又是怎样进行勘测的，由于没有史料记载，他自己也没有说明，我们就不大清楚了。好在《梦溪笔谈》里面留下了一则笔记，足以说明沈括在勘测方面所取得的成就。

这则笔记是关于指南针的，这是中国影响世界的四大发明之一。

指南针是用来定向的工具，野外考察经常会用到。而就在这枚小小的指南针身上，沈括进行了深入的总结和研究，不仅对中国，而且对世界都做出了重大的贡献。

> 而就在这枚小小的指南针身上，沈括进行了深入的总结和研究，不仅对中国，而且对世界都做出了重大的贡献。

指南针是怎么来的呢？据说黄帝在与蚩尤交战时，曾经发明过"指南车"，可以在大雾弥漫的天气下准确辨别方向，不至于迷路，这可能是先民们对定向工具的最早探索。但是，后人根据古书的记载，多次想重新制作指南车，却一直无法成功。因此，指南车之说是否确切，人们尚有疑问。不过，到了战国时期，人们发明了"司南"。这个司南的"司"字，意为掌管。现在仍有"司机"、"司炉"、"司令"等词，这几个"司"字的本意都

是相同的。那它为什么能够"司"南呢？我们来解释一下原理。司南是一种用天然磁铁矿石琢成的勺形的东西，把它放在一个光滑的盘上，盘上刻着方位，然后用

司南

手轻轻拨动小勺，当它停下来以后，就能指向南方，人们因此可以辨别方向。《韩非子》里有一句"先王立司南以端朝夕"，这里的"先王"指周王，"端朝夕"是辨别四方的意思。韩非子说周王就开始使用司南，可能有点夸张，但至少在他所处的年代，司南的作用已经是广为人知了。

不过，司南有一些技术上的问题。用磁石制造司南，磁极不容易找准，而且在琢制勺的过程中，磁石因受震动而会失去部分磁性。再加上司南在使用时底盘必须放平，而且体积也较大等限制，因此那时候司南的应用还不广泛。

后来，人们又发明了"指南鱼"。大家不要误会，这可不是真的"鱼"，而是把一根小钢片打造成小鱼的形状。人们把钢片在炉火中烧红，然后沿着地球磁场的方向冷却，小钢片就有了极性，成了一条指南鱼。但是，由于地球磁场的强度不大，指南鱼的磁性也很弱，所以指南鱼的指南效果仍不理想。

能不能有一种更理想的指南工具来代替它们呢？这个问题，就由沈括来回答了。《笔谈》里有这么一段：

> 方家以磁石磨针锋则能指南，然常微偏东，不全南也。
> 水浮多荡摇，指爪及碗唇上皆可为之，运转尤速，但坚滑易坠，不着缕悬为最善。其法取新纩中独茧缕，以芥子许蜡缀

于针腰，无风处悬之则针常指南。其中有磨而指北者，予家指南、北者皆有之。磁石之指南犹柏之指西，莫可原其理。

这是一段在世界科技史上都非常有名的文字。沈括说，要想指南。用一根针就可以。而且制作方法也非常简单，用磁石去磨针尖，针被磨过以后，"则能指南"。原来，通过人工磁化的方法，也可以得到磁针。这就实现了指向磁体的重大变革。人们可以不受限制，随时制作。指南针就这样走进了千家万户，极大地方便了人们的生活。沈括把这件事写进《笔谈》里，成为世界上最早的关于人工磁化的记载。

那么，这枚小小的指南针该怎么让它指南呢？沈括在总结前人经验的基础上，发现有四种不同的方式来安装磁针。这四种方法，一是水浮法，把磁针放在有水的碗里，使它浮在水面，指示南北方向；二是指甲旋定法，把磁针放在手指甲上，轻轻转动然后定向；三是碗唇旋定法，把磁针放在光滑的碗边，然后旋转磁针来定向；四是缕悬法，其方法是从新丝棉中抽取一根蚕丝，用芥菜籽大小的一点蜡粘连在磁针的腰部，悬于空中指南。缕悬法有一个特殊的条件要求，就是必须在"无风处悬之"。

沈括还在《笔谈》中对这四种方法的优劣进行了说明。他说，水浮法，磁针浮在水面上，如果水面晃荡不停，针就难以静止下来；用指甲和碗唇旋定法，磁针转动更灵快些，不过，它们共同的问题是"坚滑易坠"。他经过比较认为，缕悬法最好，它易于运转、灵敏度大。

沈括在九百年前总结的这四种方法，有的至今仍有实用价值，如现代的磁变仪、磁力仪的基本原理，就是采用了沈括所说的缕悬法；而航海中使用的重要仪表罗盘，也大多是根据水浮磁

> 沈括把这件事写进《笔谈》里，成为世界上最早的关于人工磁化的记载。

第六讲　地图瑰宝

针这一原理设计而成的。

沈括对指南针进行了长期的观察，这样就让他取得了一项领先世界的科研成果。这是怎样的一项成果呢？

沈括发现：磁针"常微偏东，不全南也"，意思是说，磁针常常略微偏向东南，并不完全指向正南。这是怎么回事呢？这说明沈括已经发现了磁偏角。

什么是"磁偏角"呢？

我们来解释一下。学过地理的人都知道，指南针是因为地球磁场的吸引才指向南北两极的。所以，指南针所指向的南北极，实际上是地球磁场的南北极，它和我们在地图上所标示的南北极是不一样的。这两者之间有一个夹角，科学上叫作"磁偏角"。

在现实生活中，磁偏角对我们的影响不大，我们可以粗略地认为指南针指向的就是地图上的南北极。但是要制作一个全国大地图，那么广大的面积，就要考虑到磁偏角的影响了。沈括当时的活动区域主要在黄河、长江流域，据历代各地磁偏角记录，这些地方的地磁偏角几乎都在5度以内。这样微小的偏角，发现它是极其不容易的。没有指南针材料、装置、形状和技术上的极大（革命性）进步，加上长期细致观察，无论如何也是做不到的。而沈括居然做到了！我们可以想象一下，一个人长期地面对着一枚小小的指南针，不断地改进它，不停地拨弄它，仔细地观察它，这需要多大的坚忍呀。而正是因为耐得住寂寞，沈括才能取得这样的成功！

沈括在《笔谈》里面对磁偏角的记载，是我国和世界上的第一次。在西方，直到公元1492年哥伦布横渡大西洋，他绕了地球半圈，才发现磁偏角现象，这比沈括晚了四百多年。

沈括还有一个发现，他观察到许多家用的缝衣针用磁石磨过

后，有的指南，有的指北；他找来自己家里的磁针来进行试验，也是"指南、北者皆有之"。这是怎么回事呢？他想了很久，也没有弄明白。这个问题在他心中萦绕很久，后来在《补笔谈》中，他还提了出来。

> 以磁石磨针锋则锐处常指南，亦有指北者，恐石性亦不同，如夏至鹿角解、冬至麋角解，南北相反，理应有异，未深考耳。

沈括说，这恐怕是磁石极性不同的缘故。他打了个比方：鹿与麋的角都会脱落，不过，鹿角是在夏至脱落，而麋角是在冬至脱落，中间相差半年时间，这是因为鹿与麋的习性不同。那么，磁针"南北相反"，是不是也是这样的原因呢？

不过，沈括最终也没有得到结论。那时候磁学理论还比较幼稚，还不能解释这一现象，但是沈括做了如实的观察、实验记录，把磁石指极性的原因作为一个问题提出，启发后人继续研究。

有了指南针这个例证，虽然还缺少足够的史料，但我们大致可以推断出沈括在实地勘察的时候，所得数据的精确程度。

指南针发明以后，很快就用于航海，对社会发展起到了推动作用。海船装上指南针，就如同长了一双眼睛，在茫茫的大海上再也不会迷失方向，从而把航海事业推进到了一个新的时代。英国的学者李约瑟说，"指南针的应用是原始航海时代的结束，预示着计量航海时代的来临。"中国海船借助指南针等定向工具，实现了七下西洋的壮举，促进了中国与世界各国之间的贸易和文化交流。

正是因为指南针所起的巨大作用，所以人们把它列为中国古代的四大发明之一，而沈括对于这个发明无疑做出了重要贡献。

指南针传入欧洲后，推动了欧洲的航海事业。十五世纪末到十六世纪初，有了指南针的欧洲各国航海家们，开始驶入大洋的深处。他们不断探险，开辟新航路，发现了美洲，完成了环绕地球的航行。马克思曾经这样说过："指南针打开了世界市场，并建立了殖民地。"正是因为指南针所起的巨大作用，所以人们把它列为中国古代的四大发明之一，而沈括对于这个发明无疑做出了重要贡献。

接下来我们说第二个方面，沈括在绘制方法上的创新。

《笔谈》里有这样一则笔记。

地理之书，古人有《飞鸟图》，不知何人所为。所谓"飞鸟"者，谓虽有四至里数，皆是循路步之，道路迂直而不常，既列为图则里步无缘相应，故按图别量径直四至，如空中鸟飞直达，更无山川回屈之差。予尝为《守令图》，虽以二寸折百里为分率，又立准望、牙融，傍验高下、方斜、迂直七法以取鸟飞之数。图成，得方隅远近之实，始可施此法。分四至、八到为二十四至，以十二支、甲乙丙丁庚辛壬癸八干，乾坤艮巽四卦名之，使后世图虽亡，得予此书，按二十四至以布郡县立可成图，毫发无差矣。

这段文字比较艰深，沈括所说的"鸟飞之数"、"二十四至"，都不太好理解。为了说明这些问题，我们以《水浒传》中"三打祝家庄"的故事来作为例子。

这个祝家庄，依仗自己势力强大，和水泊梁山结下了"梁子"。这一天，托塔天王晁盖在聚义厅上，召集众家弟兄，商议如何攻打祝家庄。这时候，军师智多星吴用就需要一张军用地图。如果是沈括，他会怎样画这张地图呢？

水泊梁山和祝家庄所在的独龙冈，周边地形都很复杂，有山有水，而且还有很多羊肠小道。在宋代，由于测绘技术的局限，绘制地图用的是"循路步之法"，也就是沿路步行丈量，用步行得出的数据绘制地图。但是，由于道路弯弯曲曲，山川高低错落，用"循路步之法"绘制的地图与地理实况有很大的误差。图上相差一寸，由于比例尺的关系，实地可就差之百米、千米了。那怎么办呢？沈括很有办法，他创造了"飞鸟之法"来解决这个问题。什么是"飞鸟之法"呢？就是取两地飞鸟直达的距离，这有点像现在的航空拍摄，正像飞鸟在空中从一地直接飞往另一地那样。据此画出图来，便没有因为山川阻隔和道路曲折所产生的误差了，使得地图的精确度大为提高。

吴用很高兴，因为沈括给他画了一张非常精确的军用地图。可是他高兴得过了头，在半路上把地图给弄丢了。打仗不能没有地图呀，这可怎么办呢？这也难不倒沈括。地图上所有的点，比如水泊梁山、祝家庄，祝家庄旁边的李家庄（扑天雕李应）、扈家庄（一丈青扈三娘），还有附近的登州城，沈括都用"二十四至法"给了精确坐标。这些数据都写在一本小册子里面，即使图给弄丢了，只要得到这本小册子，根据二十四至来排布，"立可成图，毫发无差矣"。这下吴用可就不怕了。他很快复制好新图，利用这个军用地图，设下妙计，终于打下了祝家庄。

我们举的这个例子，囊括了沈括在绘图方法上的两个创新：飞鸟之法和二十四至法。他解决了将地面曲折道路长度改为水平直线长度，以及地图大量复制的问题，在古代制图学发展上取得了重要进展。

那么，这套花费了沈括十二年心血，汇聚了许多崭新科技成

就的《天下州县图》，最后到哪儿去了呢？

《天下州县图》给沈括带来了什么？

非常可惜，这套图在南宋末年就亡佚了。

我们先来说说这套图。《天下州县图》是一套大型的地图集，共有二十幅。其中全国地图是一大一小两幅，大图高一丈二尺，宽一丈；各路图十八幅（按当时行政区划，全国分为十八路）。图幅之大，内容之详，都是前所未见的。沈括深知，《天下州县图》的成就是前无古人的，如果不能传给后人，那将是莫大的损失。由于地图较之书籍更难保存，因此他进呈的《天下州县图》每幅正图均附有摹绘的副本，以供平时观览或传绘；这样还不放心，他还用"二十四至法"写成专门的说明书，详细记载图中各点的坐标关系，目的也是想让世人能够大量复制这套地图。

完成绘制任务以后，沈括还写了一份工作汇报，把地图集呈送给哲宗，完成了十二年前神宗皇帝交代给他的使命。

和十几年前的木质地图一样，《天下州县图》再次震惊朝堂。

哲宗当时只有十三岁，这个少年皇帝，看着眼前高一丈二尺、宽一丈的大地图，看着上面的山川河流、府郡州县。这大好河山展现在幼小的哲宗面前，他震撼之余，非常感动。便要重赏沈括，还要重新起用他。

哲宗的这个想法能实现吗？沈括还能够东山再起吗？

答案是：否。因为哲宗遇到了来自两方面的压力。

一方面的压力，来自于他的祖母——高太后。高太后是宋英

宗的皇后，宋神宗的生母。神宗去世以后，哲宗只有十岁，高太后就以太皇太后的身份听政。

高太后这个女人在历史上的口碑很好，被称为"女中尧舜"。她廉洁自奉，处事公正，所以在她垂帘听政期间，朝政还是比较清明的。不过，高太后和儿子神宗皇帝不同，她是一个不折不扣的守旧派，坚决反对变法。所以她一执政，就起用司马光这一批旧党分子，废除了神宗时期所推行的全部"新法"。她当然不希望沈括这样一个曾经是新党核心成员之一的人物，重新回到朝堂。

哲宗遇到的另一方面的压力，是朝中的旧党分子。哲宗要重新起用沈括，这当然是旧党竭力抵制的。沈括的才能他们也是很欣赏的，但是就是因为沈括"太有才"了，所以断然不能让他再回来。这样一个人在朝中，时不时再弄出点新花样，搞得"朝堂震惊"，处处露脸，会给新党留有一丝希望，这是旧党绝不允许出现的。

> 沈括的才能他们也是很欣赏的，但是就是因为沈括"太有才"了，所以断然不能让他再回来。

不过，怎么才能阻止住沈括呢？沈括这个人才华横溢，为官也很清廉，还真找不出什么毛病。旧党于是就在永乐城兵败上做起文章来。

旧党人物刘安世、梁焘上书说：沈括这个人品质不好。先皇（神宗）信任沈括，命他做了鄜延路经略安抚使。可是沈括却"邀功生事"、"创起边隙"，因为私心挑起宋夏的边境纠纷，结果导致永乐兵败。士兵、百姓死了数万人，关陕一带到现在还是疮痍遍地，这是祸国殃民。而先皇也是因此痛苦愧疚，离开了人世。这样一个奸险小人，怎么还能用呢？

旧党给沈括罗织的罪名可是大得吓人——是因为他领导的一场永乐之战，导致数万军民死难，又导致神宗皇帝郁悒而终。这

个罪名扣在沈括头上，沈括是无论如何不能再用了。

这时候，变法领袖王安石已于元祐元年（公元1086年）病逝，新党的重要成员蔡确、章惇和韩缜被指斥为"三奸"遭到贬斥，其他成员也或降或贬，没有人能够为沈括说上话。哲宗在两方面的压力下，不得不放弃沈括。自此以后，沈括便在北宋的政坛上彻底消失了。

不过，《天下州县图》还是给沈括带来了一些好处。哲宗"赐绢百匹"，表示奖赏；准许他"任便居住"，实际上就是解除了对他长达六年的管制，恢复了他的人身自由。后来，哲宗又给了沈括左朝散郎（从六品）、光禄少卿（正六品）两个挂名的官职，沈括可以分别领到每月三十贯的俸钱，生活上也有了一点保障。有了"任便居住"这个旨意，沈括就离开了他的被管制地，辗转到了梦溪园，在那里定居下来，后来写下了《梦溪笔谈》。

而那"震惊朝堂"的《天下州县图》呢？先是，那本用"二十四至法"写成的专门的说明书不知所踪了。到了南宋末年，《天下州县图》也在战火中亡佚了。这一套以精确详细超迈前人而名动一时的地图集，尽管被后世学者们视为中国古地图的瑰宝，但究竟是怎样一副面目，只能是一个神秘的千古之谜了。

《天下州县图》的命运，实在让我们扼腕叹息。

这一讲，我们说到沈括制作木质地图，是为了说明他对宋辽边境战备问题的一些看法。那么，他到底有哪些看法和建议呢？请看下一讲《军史留名》。

第七讲 军史留名

北宋是如何应对西夏崛起的？

国家应该怎样进行安全防御？

两军交锋如何与敌作战？

军队应该配备怎样精良的装备？

这一讲，我们主要讲沈括在《梦溪笔谈》里面记载的一些军事问题。

这位伟大的科学家怎么又关注起军事问题来了呢？

可能大家不知道，沈括是会武术的。据说他的腕力很强，他如果参加现在的"中国达人秀"，大概能成为一个"掰腕达人"。那么，沈括的武术是谁传给他的呢？可能是他的舅舅许洞。许洞是何许人也？他可是一位知名的军事家，《宋史》上说他"幼时习弓矢击刺之伎"，小的时候就学习各种武术，所以武学造诣颇深；后来他还写了一本《虎钤经》，这是历史上很有名的一部兵书。正是在舅舅的影响下，沈括不仅学了武术，而且开始关注起军事问题。

知道了这个背景，我们就会明白《梦溪笔谈》为什么会有许多军事方面的内容。那么，《笔谈》都记载了哪些军事问题呢？

北宋是如何应对西夏崛起的？

北宋是一个边患不断的朝代。在沈括的时代，北宋的主要敌对国家是辽国。两国为了燕云十六州，打了二十五年的仗，最后签订了"澶渊之盟"，宋朝以屈辱的代价换得了边境的和平。而就在宋朝与辽国作战之时，却后院失火，它西北部的一个少数民族部落党项族开始崛起，而且出现了分裂的态势。对这样一个严重的国家安全问题，北宋朝廷该怎么办呢？

在《梦溪笔谈》里面，沈括记录了一个酒鬼的故事。

宋仁宗时，有个大臣叫石延年，这人非常有才华，却有个很大的毛病：酗酒。沈括说他"未尝一日不醉"。有一次，一个朋友来看他，石延年就和他一起狂饮。喝到半夜，酒快没了，他觉得还没有尽兴。怎么办呢？石延年找到了一斗多醋，把醋倒到酒里一起喝，"至明日，酒醋俱尽"。

这个人有许多新奇的喝酒法。《笔谈》说他：

> 每与客痛饮，露发跣足，著械而坐，谓之"囚饮"。饮于木杪，谓之"巢饮"。以稿束之，引首出饮，复就束，谓之"鳖饮"。夜置酒空中，谓之"徒饮"。匿于四旁，一时人出饮，饮之复匿，谓之"鬼饮"。其狂纵大率如此。

我们来解释一下：他露出头发赤着脚，戴着木枷坐着喝酒，说这叫"囚饮"；他爬到树梢上喝，说这叫"巢饮"；他用稻草捆住自己，伸出头来喝，然后再缩回稻草中，说这叫"鳖饮"；还有什么"徒饮"、"鬼饮"，如此等等。可见，这个石延年就是十足的一个酒鬼。

不过，仁宗皇帝还是很爱惜石延年的。但他这么喝酒，实在有点不像话，仁宗想让他戒酒。石延年戒了酒，却很快死了。

他死的时候，西夏的李元昊称帝，从北宋的版图上分裂出

去。人们这才想起，石延年曾经写过一个《备边策》，陈述对西北的看法和建议，但是没被采纳。看来，这个石延年是因为自己不为当世所用，而又心系国家安全，以至于借酒消愁，养成了怪癖酒兴。

沈括写石延年的事，不是在描写一个酒徒的狂态，而是揭示了这样一个事实：北宋朝廷严重缺乏国家安全意识。对于西北问题，朝廷根本就没有重视，也没有采取过什么对策。这样的"边策"，致使党项坐大，彻底脱离了北宋，终于导致了国家的分裂。

那么，在李元昊称帝前后，北宋的军事部门有没有什么应对措施呢？

《梦溪笔谈》里面还有这样一个故事。

有一次，仁宗派三司盐铁副使王鬷到西北巡察。北宋的三司使相当于现在的国家发改委，在里面做官的人，以后都会有很好的仕途发展。

王鬷到了定州，见到了定州主帅曹玮。

钦差大臣来了，曹玮自然要好好招待，两个人边吃边聊。

王鬷就问："曹大人最近在忙什么呀？"

曹玮说："在忙着杀一个人？"

"杀人？！"

"对，还是一个十多岁的小孩。"

王鬷大为惊奇，就问曹玮原因。曹玮解释说，这个小孩是党项族首领赵德明的儿子。这个赵德明，本名叫李德明，朝廷赐姓为赵。赵姓是当时的国姓，这里面有点笼络的意味。赵德明曾派人用马来与中原地区做交易，但是因为赚钱少了，很不满意，就要杀掉去做交易的人，左右"莫可谏止"。这时赵德明的这个儿子站了出来，他说："您用战马帮助邻国，已经是失策了；现在又因为蝇头小利来杀人，那以后谁还再愿意帮我们做事？"三言两语，就把老爸给阻止住了。

　　小孩的话传到了曹玮的耳朵里，他觉得这个孩子很可怕。他想，"从话里看，这孩子是想要收买人心。"这样小小的年纪，居然就有政治企图，而且他又是党项首领的儿子，如果有一天赵德明死了，这孩子继任首领，一定会是边境大患。曹玮听说这孩子经常在边境贸易场所往来，决定借机除掉他。但是，曹玮"屡使人诱致之，不可得"。小孩非常奸猾，所以这事一直很让曹玮"纠结"。这孩子是谁呢？他就是后来的李元昊。

　　当然，杀掉一个小孩，是不可能彻底解决边患的。曹玮就对王曙说：

> 公满面权骨，不为枢辅即边帅。或谓公当作相，则不然也，然不十年必总枢柄。此时西方当有警，公宜预讲边备，搜阅人材，不然，无以应卒。

　　这话的意思是说，大人在三司使工作，前程远大，以后不做枢密大臣就是边关主帅，应当事先研究边防问题，网罗人才，提前做好准备，不这样的话，就不能"应卒"（应付突发的事件）。

　　但是，王曙只是把这个故事当成一个传奇来听，并没有把曹玮的话放在心上。他回到汴京，也没有禀报皇帝。后来，王曙做了枢密使（相当于现在的国防部长），他也没有针对西北做过军事预案。李元昊叛变的事情传来，国防部束手无策。仁宗皇帝大怒，把王曙给贬了。

　　我们从沈括的记载里面可以知道，其实西夏的叛变，很多人

123

都看出来了。但是负责国家安全的国防部门在这方面，却是懵懂无知，也不采取什么应对之策，任由党项族发展，终成尾大不掉之势。而李元昊称帝，分裂已成事实，国防部门却又张皇失措，拿不出一点解决的办法。

在历史上，宋朝被称为"弱宋"，是说宋在外交上奴颜婢膝，而且军队的战斗力也很差。而我们从沈括的记载可以发现这样一个问题：朝廷在国内形势上也是安全意识淡漠，缺少必要的准备。内忧加上外患，这个国家能不"弱"吗？

李元昊立国的时候，沈括只有六岁。自此，北宋在北方和西北方就有两个敌国，国家安全形势不容乐观，朝廷对此也深感忧虑。宋神宗继位以后，推行变法，要富国强兵，在国家安全战略上，也逐步强硬起来。这就给了沈括一个机会。

李元昊像

在沈括的仕途生涯中，他管理过军器监（相当于现在的解放军总装备部），巡察过北方边防，参与了军事革新，还参加了对西夏的作战，留下了很多军事资料。这不仅给沈括本就丰富多彩的人生又涂上了一抹靓丽的色彩，也让他能够军史留名。

那么，沈括都在军史上留下了怎样的"名"呢？

我们分三个方面来说说沈括是怎么"军史留名"的。

国家应该怎样进行安全防御？

先说第一个方面，国家应该怎样进行安全防御呢？

沈括认为，对于辽国和西夏，应该采取不同的对策。辽国比较强大，应取守势；西夏国力微弱，应取攻势。后来，旧党分子攻击沈括，说他"创起边隙"，挑起宋夏的边境纠纷，其实也是从一个侧面反映了沈括的这个战略思想。

那么，怎么去防守强大的辽国呢？

北方游牧民族对于南方政权来说，最可怕的武器是马。宋朝君臣在讨论如何对付辽人时，其核心内容就是如何扼制对方的骑兵。那么，宋朝该怎么办呢？

《梦溪笔谈》里面描绘了这样一幅宴乐图景。

宋太宗年间，在宋辽边境的瓦桥关，一群宋朝的官吏正在河中泛舟。他们嘻嘻哈哈，喝着美酒，观赏着河中的蓼花。领头的官员还要求大家作诗，叫作《蓼花吟》。然后叫人把欢宴的场面画了图，派人上呈给皇帝。

这个领头的官员，是镇守瓦桥关的将领，叫何承矩。他不去镇守边关，却在这里游山玩水，还居然向皇帝炫耀，这是为什么呢？"人莫喻其意"。等到太宗旨意下来，人们才明白。原来何承矩奉命来到瓦桥关，发现这里虽是边关重镇，却无险可守，很容易受到辽人的攻击。在这种情况下，如何构建一个防御体系呢？何承矩发现这个地方有很多洼地，就想"潴水为塞"（利用低洼的地方，蓄水作为边防屏障）。他带着人泛舟河上，是为了掩人耳目，实际上则是在考察地形。

他把实地考察的情况画了张图，然后向皇帝禀报，太宗同意了他的计划。于是何承矩就开始"潴水为塞"，在瓦桥关附近造

> 沈括认为，对于辽国和西夏，应该采取不同的对策。辽国比较强大，应取守势；西夏国力微弱，应取攻势。

125

了一条长达三百多里的"塘泊防线"。有了这些塘泊，辽军骑兵的快速突击能力大大下降，有效地阻止了辽国的侵扰。由于这个措施很有效，历代皇帝都在推行。到了神宗年间，这条"塘泊防线"居然长达八百里，成为宋朝抵御辽国的重要屏障。

不过，有人提出异议了：这把地都变成水了，老百姓到哪儿去种田呢？"塘泊防线"是消除了外患，但是老百姓没得吃，这不又产生内忧了吗？那么，这个异议有没有道理呢？

熙宁七年（公元1074年），沈括奉命察访河北西路，他对这个问题进行了考察。

> 或谓侵蚀民田，岁失边粟之入，此殊不然。深、冀、沧、瀛间，惟大河、滹沱、漳水所淤，方为美田；淤淀不至处，悉是斥卤，不可种艺，异日惟是聚集游民，刮碱煮盐，颇干盐禁，时为寇盗。自为潴泺，奸盐遂少，而鱼蟹菰苇之利，人亦赖之。

沈括发现，这些蓄水的洼地，大多是"斥卤"（盐碱地），这种地方是不能种植庄稼的。但是蓄水以后，塘泊反而给人们带来了鱼、蟹、菱白、芦苇等农副产品，"人亦赖之"，——这倒真是一条利国利民的好措施。同时，从前有不少游民聚集在盐碱滩"刮碱煮盐"，贩卖私盐，谋取利益，甚至暴力抗法，干扰了国家的盐业专卖制度。可是这些地方一旦蓄水，就不会再有人来了，"奸盐遂少"。

由此看来，那些提出异议的人是坐而论道，没有经过实地考察就空发议论。沈括建议，这条措施还要继续推行。他还通过自己的实地考察，向朝廷推荐了一批可以继续"潴水为塞"的洼地。

不过，这些"人造塘泊"就只能带来"鱼蟹菰苇之利"吗？能不能给老百姓带来更多的好处呢？沈括很有经济头脑，他做了一个实验。

> 予熙宁中奉使镇定，时薛师政为定帅，乃与之同议，展海子直抵西城中山王冢，悉为稻田，引新河水注之，清波弥漫数里，颇类江乡矣。

沈括和定州安抚使薛向一起，带人引河水注入洼地，把洼地改造成稻田，然后让人去种稻子。这个实验很成功，开创了一个"军品民用"的新途径。而且，水面和稻田相连数里，使定州城北免受了辽国的威胁。这样，既保障了军备，又发展了农业生产，可谓一举两得。对此，沈括很得意，他在《梦溪笔谈》里面自我吹嘘了一把，说这里经过改造，"清波弥漫数里，颇类江乡矣"，清澈的水波弥漫好几里地，简直就是江南水乡了。

不过，这条绵延近千里的"塘泊防线"真的什么问题也没有吗？那也不尽然。塘泊防线也有缺陷，它的问题就出在"水"上。因为北方缺水，而且冬天要结冰。一旦缺水，这些塘泊徒步就可以淌过，更不用说马了；一到冬天，水流结冰，冰面就跟平地一样，这道防线实际上也就没有用了。由此可见，凡事总是有利有弊。

针对"塘泊防线"的缺陷，有人建议，在边境地区广种树木，以限制辽兵的奔冲。于是在王安石变法期间，就有了一项新法，叫"植桑之法"。这项新法，就是在北方边境地区广种桑树，这样，桑叶可以养蚕，发展农业生产；桑树长成，又可以起到抵御辽兵的作用。

那么，"植桑之法"真的可以弥补塘泊防线的缺陷吗？沈括的答案是：否。

作为新党成员的沈括，为什么不附和"植桑之法"这样一项新法措施，却提出了相反的意见呢？沈括经过考察认为，宋军的长处在于弓弩矢石，而一旦树木长成，辽军骑兵就"依之可蔽矢石"，树林反而成了他们躲避宋军矢石的盾牌。而且，辽国要攻打宋朝的城池，制造云梯等攻城武器，本来正愁找不到木料，我们遍植桑树，正好给他们就地取材。因此，植桑之法是替敌人谋划，因此他"请去之"。在这里，沈括表现出了一个科学家的实事求是的精神。

沈括在河北西路一共只待了半年时间。他深入察访，针对边境的实际情况提出了许多意见和建议，一共有三十一条之多，充分展现了他的军事才华。

不过，要把这三十一条都报到神宗皇帝那里，一来不容易说清楚，二来朝臣们也不见得会买账——就你能，一到边境就能发现这么多问题呀？踌躇满志的沈括该怎么去说服神宗和满朝文武大臣们呢？

大家也许猜到了，我们前面已经提过，沈括制作了一个木质地图。这个地图形象直观，把边境的地理形势一览无遗地展现在神宗和朝臣们面前，这样，大家都没有话说了。朝廷接受了他的全部建议，不仅如此，神宗还"诏边州皆为木图，藏于内府"，把沈括的这项职务发明也采用了。

两军交锋如何与敌作战？

我们再说第二个方面，一旦两军交锋，军队应该怎样与敌作战呢？

宋朝军队是以步兵为主的，与敌作战，很讲究阵法。阵法的运用是否得当，直接影响战斗力的发挥。那么，宋军该怎么排兵布阵呢？

在沈括的同时期，有一个叫郭固的六宅使，他是当时军界比较活跃的人物。这人很有才华，但是有点食古不化，他向神宗提出"车阵法"和"九军阵法"两种方式。

我们先说"车阵法"。

所谓的"车阵法"，就是用战车来应对横冲直撞的辽国骑兵。战车在我国起源很早，先秦时候打仗，都是车战。大家都知道"曹刿论战"的故事。齐桓公对鲁国发动战争，曹刿请求参战，他和鲁庄公共乘一辆战车，到了前线。依仗曹刿卓越的军事才能，弱小的鲁国取得了战争的胜利。不过，自赵武灵王推行胡服骑射后，骑兵逐渐普及，战车因为笨重和造价高昂，到后来除了运输粮草之外，基本上退出了历史舞台。现在，郭固又把老祖宗留下来的这个法宝给"祭"了起来。不过，神宗倒是很感兴趣，王安石也积极支持，于是，"车阵法"就作为"新法"中的一项内容被推行开来了。

推行"车阵法"，需要造一批古代战车，造出来的战车数量还不够，还要征调大量民车。可老百姓自然是不干的，这就引起了一些骚动。消息传来，神宗很是忧虑。这一天，正好沈括在他身边，于是神宗就问沈括："征调民车这件事，你知道吗？"

沈括说："知道。"

神宗问："卿以为何如？"意思是你觉得怎样。

沈括当然认为不怎么样，不过他没有直说，却反过来请教神宗："不知道陛下征调民车，是做什么用的？"

古代战车模型

神宗向他解释说："契丹人多马，常用骑兵取胜，非用战车不足以抵挡。"

沈括赶忙说："陛下说得对，确实是这样的。"接着大拍马屁："万一敌人来了，老百姓连父母妻儿、坟墓田园都保不住，家中的一切所有都要全部抛弃，甚至连自己也可能被掠为俘虏，谁还顾得上车呢？陛下您不过是征调几辆民车嘛，又有什么关系？"

神宗非常高兴，说："卿言是也。"接着又问他："何论者之纷纷也？"既然这样，怎么人们对此还议论纷纷呢？

沈括说："车战的优点，历代都有记载。"接着话锋一转，说："臣但未知一事。"什么事情呢？古人的兵车，行动很迅速。现在从民间征调的车，是他们平常常用的车，又叫"太平车"。这种车非常笨重，用牛拉车，一天也走不了三十里；如果碰上雨雪天，就原地不动，一步都不能走了。所以这种车在和平时期用用还可以，用在战场上恐怕是不行的。

一番话下来，神宗终于明白了，他说："从来没有人跟我讲这样的道理。看来战车的事，是得考虑考虑。"

沈括颇有几分战国纵横家的风范和论辩技巧。他是反对征调民车的，但是这时候神宗正在兴头上，直言相谏，神宗未必肯听从。于是沈括就欲抑先扬，先说征调民车是没关系的。因为敌人一来，这些车迟早会成为他们的战利品。陛下您只不过是先拿来用用，目的是为了保护百姓，这有何不可？对神宗进行了总体上的肯定，这让神宗很高兴。然后，沈括才说出老百姓用的太平车存在的问题：笨重朴拙，行动迟缓，只能民用，上不了战场，终于把神宗给说服了。

神宗虽然不再征调民车，却还是想造出古代的战车。他让人研究复制，还点了沈括的名。老板坚持要做，沈括也没有办法，只好捏着鼻子参与。他们根据古代文献，画出战车图纸。作坊依照图纸，把战车造了出来。但是，这样的战车光轮子就有六尺高，非常笨拙。毕竟是已经被时代淘汰的旧物，这种战车最终也没能送到前线在实战中使用。其结果，沈括在《笔谈》里说："藏于武库，以备仪物而已。"意思是说，这种车只能收藏在武库中，把它作为礼仪用的东西罢了。

接下来我们说说"九军阵法"。

郭固搞的"九军阵法"，来源于唐朝名将李靖的营阵之法。军队"行则为阵，住则为营"（行进时称为阵，驻扎时称为营）。"九军阵法"实际上是一支军队在野外的行动条例。

神宗把这个"九军阵法"交给沈括，叫他看看。沈括看了以后，笑了，对神宗说："陛下，这个九军阵法有三个毛病？"

"哪三个毛病？"

"第一个毛病，是它名为九军，实际上是一军。它只是把一

第七讲 军史留名

个军队分成九个部分而已，各个部分都不能灵活机动，这就麻烦了。我给您算一下：如果按照每人占地二方步、马四方步来计算，那么十万人的军队，就要占地方圆十多里。陛下请想，天下间哪有方圆十里是一马平川，没有小山土山、沟涧林木这些障碍物的？如果有了这些障碍物，那军队又该怎么列阵呢？"说得神宗也愣住了。

沈括接着说："它的第二个毛病，就是九军必须作为一个整体，如同九人共一张皮，分开就死。战场情况是千变万化的，部队如果被这种僵化的模式所束缚，怎么施展得开，怎么能发挥战斗力呢？"

"还有，"沈括继续说，"它的第三个毛病，就是为了照顾阵型，士兵们都被要求侧面站立。陛下，但不知士兵侧立如何与敌人作战？"

说得神宗也笑了起来。于是，他要沈括重新制订九军阵法。

沈括按照自己的思路，完成了"九军阵法"的制订工作。神宗非常满意，下令把新的九军阵法编成条令，颁布施行。这就是宋军的营阵法，又称为"边州阵法"。

军队应该配备怎样精良的装备？

第三个方面，军队应该配备怎样精良的装备？

北宋的对外战略，从总体上来说是防御性的。但是，对待强邻，防御毕竟只是消极的。一旦外敌真的入侵，那该怎么办呢？

对付敌人的拳头，必须用自己的拳头！北宋军队必须准备好充足和精良的武器装备。然而，北宋朝廷的军械库是怎么样的呢？

沈括按照自己的思路，完成了"九军阵法"的制订工作。神宗非常满意，下令把新的九军阵法编成条令，颁布施行。这就是宋军的营阵法，又称为"边州阵法"。

我们来看这样一段话："国家自庆历罢兵以来，武库百备废坏几尽。"澶渊之盟签订以后，宋军少有战事，导致武备松弛，朝廷的军械库几乎是形同虚设。为了改变这种状况，在王安石变法期间，朝廷增设了一个新的军事机构——军器监，主管军事改革和兵器生产。那么，这个重任该交给谁呢？

又是沈括。熙宁七年（公元1074年）九月，朝廷给了沈括一项新的兼职：兼判军器监。沈括是个能吏，在这个新的岗位上，他做得怎样呢？

我们再来看这样一段话：

> 日程其功，月阅其课，戈矛、弧矢、甲胄、刀剑之具，皆极完具，等数之积，殆不胜计。苟有灵旗之伐，可足数十年之用。

沈括真是了不起，他在军器监任上，只用了一年多时间，就添置盔甲近8000副，造箭130多万支，假如战争爆发，足可供数十年之用！

但是，这个政绩对沈括来说还不是主要的。沈括是一位科学家，他对技术工作比较内行，而军器监恰好是沈括可以大有作为的地方。沈括对许多军事装备及其制造进行了深入研究，他还把这些研究成果记录下来，写进了《梦溪笔谈》。这样，沈括就在古代军事科技的发展史上做出了重要贡献。那么，沈括都做出了哪些贡献呢？

军队的武器装备，离不开钢铁。《笔谈》留下了相当数量的锻钢技术资料。那么，什么样的钢才是好钢呢？

> 沈括真是了不起，他在军器监任上，只用了一年多时间，就添置盔甲近8000副，造箭130多万支，假如战争爆发，足可供数十年之用！

世间锻铁所谓钢铁者，用柔铁屈盘之，乃以生铁陷其间，泥封炼之，锻令相入，谓之团钢，亦谓之灌钢。此乃伪钢耳，暂假生铁以为坚，二三炼则生铁自熟，仍是柔铁。然而天下莫以为非者，盖未识真钢耳。予出使至磁州锻坊观炼铁，方识真钢。凡铁之有钢者如面中有筋，灌尽柔面则面筋乃见，炼钢亦然，但取精铁锻之百余火，每锻称之，一锻一轻，至累锻而斤两不减则纯钢也，虽百炼不耗矣。此乃铁之精纯者，其色清明，磨莹之则黯黯然青且黑，与常铁迥异。

沈括在这里记载了两种炼钢的方法：前一种叫"团钢"或者"灌钢"法。这种方法，至晚在东汉已经发明，直到晚近还用于制作农具和刀剑的锋刃。它将生、熟铁混杂在一起，通过"泥封炼之，锻令相入"的工艺制成。南北朝的北齐有一个叫綦母怀文的人，他就用"灌钢"法制出了著名的宿铁刀，据说可以"斩甲过三十扎"，非常锋利。但如果锻炼的功夫不够，就不能得到钢，所以沈括称之为"伪钢"。另一种方法，就是我们俗称的"百炼成钢"。它是将优质的铁料放进炉中加热，使碳分子逐渐渗入铁的表层，再通过锻打使渗碳层混到铁的内部，同时将铁中的杂质锤打出去。经过上百次的锻打，除尽了杂质，含碳量也达到了相宜的程度，就得到了纯钢。纯钢的颜色，"黯黯然青且黑"，与普通的铁有着很大的不同。

而用这种纯钢打造出来的盔甲，就非常坚固。沈括举了一个例子：

青堂羌善锻甲，铁色青黑，莹彻可鉴毛发，以麝皮为綇旅之，柔薄而韧。镇戎军有一铁甲，椟藏之，相传以为宝

器。韩魏公帅泾原，曾取试之，去之五十步，强弩射之，不
能入。尝有一矢贯札，乃是中其钻空；为钻空所刮，铁皆反
卷，其坚如此。

　　这种铁甲呈青色，表面光洁明亮得可以照见人的头发，既柔
薄又坚韧。名将韩琦曾经做过一次试验，他让人站在离铁甲五十
步以外的地方，用强弩射它，都射不进去。后来有一支箭穿透了
铁甲，这是怎么回事呢？仔细一检查才知道，原来是射中了甲上
原有的钻孔，但是这支 "射穿" 铁甲的箭也受到损坏，箭头被
铁甲的边刮得卷起来了，报废了。如此坚硬的铁甲，不愧为"宝
器"！一位将军，如果身穿这种铁甲上阵搏杀，哪还会受到对方
的伤害呢？
　　《笔谈》不仅记载了许多军事科技资料，他还有许多创见。
我们举一个例子，沈括对古代造弓理论的完善。
　　弓在我国历史上长期作为军队主要的远射武器，它的杀伤力
很强。《三国演义》里面有这样一个故事。关羽奉诸葛孔明之命
去攻取长沙郡，他在那儿碰到一个对手——长沙太守韩玄手下的
老将军黄忠。这位老将虽年近六旬，却有万夫不当之勇；而且能
开二石力之弓，百发百中。关羽与他斗一百余合，不分胜负，就
想用拖刀计来赢他。
　　第二天，二人打斗五六十合，胜负不分。关羽拨马便走，黄
忠随后赶来。关羽正准备用刀砍去，忽听得身后一声响，回头一
看，只见黄忠的战马马失前蹄，把他掀翻在地。关羽可是个大丈
夫，他不想占这个便宜，举刀猛喝说："我且饶你性命！快换马
来厮杀！"黄忠急提起马，飞奔入城。
　　太守韩玄问黄忠原因，黄忠说："此马久不上阵，故有此

失。"韩玄问:"汝箭百发百中,何不射之?"黄忠说:"来日再战,必然诈败,诱到吊桥边射之。"韩玄就把自己的马赐给黄忠,意思是抚慰抚慰,黄忠拜谢而退。退下来以后,他心里寻思:"难得云长如此义气!他不忍杀害我,我又安忍射他?若不射,又恐违了将令。"该怎么办呢?老将军犯了踌躇。

次日天明,两人再战。战不到三十余合,黄忠诈败,关羽随后赶来。跑到吊桥边,黄忠带住刀,往后一拉弓。听到弓弦声响,关羽连忙躲闪,却没有看到箭。原来是黄忠念他昨日不杀之恩,没有放箭,只是把弓虚拽弦响。关羽一看没箭,又往前追;黄忠再一拉弓,又没放箭。关羽再往前追,黄忠拉开了弓。这一次,他终于放箭。这一箭,正射在关羽盔缨根上。他不射死关羽,也是报昨日不杀之恩。

死里逃生的关羽,连忙领兵退去。而黄忠就没那么幸运了,站在城门楼上督战的太守韩玄目睹了全过程,他怪黄忠不射死关羽,怀疑他外通内连,要杀了他。长沙百姓不服,加上韩玄平时残暴不仁,终于激起民变,斩杀韩玄,投降了关羽。

这一段,就是《三国演义》里面有名的"关云长义释黄汉升"的故事。黄忠很厉害,关羽正骑着马急速赶来,黄忠一箭射中他头上的盔缨,真是神乎其技。可是黄忠的射箭技术再高超,如果没有一张好弓,他也不能做到"百步穿杨"。

那么,什么样的弓才是好弓呢?沈括总结说,一张好弓,有六个特点,叫作"弓有六善"。哪"六善"呢?沈括说:

> 一者性体少而劲,二者和而有力,三者久射力不屈,四者寒暑力一,五者弦声清实,六者一张便正。

这所谓的"六善"，一是弓形体小而强度高；二是弓容易拉开并且有力道；三是弓用了很久，弓力也不减弱；四是天气冷热不同，但弓力不会随之改变；五是放箭后，听到弦声清脆而坚实；六是一开弓，弓体就正，没有偏扭现象。只有达到这样的要求，才是一张好弓。老将黄忠的弓，如果没有这"六善"，他放出来的箭，要么半途坠地，要么放偏，是怎么也不能射中关羽头上的盔缨的。

沈括总结的"弓有六善"，包括了材料学和工艺方面的内容，可以毫不夸张地说，几乎每一条都蕴涵着深刻的科学道理，具有极高的科学价值。他的这一制弓理论为兵器制造提供了理论依据，对后世产生了很大的影响。后来兵家著书多有引用，把它作为造弓的圭臬（标准）。而在沈括六百年以后，英国人胡克才对弹性体材料和结构的力学性质进行了系统的观测和总结，发展成为现在的材料力学。

顺便再介绍一下沈括曾经大力推荐的一种弓。

黄忠的臂力很强，可以拉开"二石力之弓"，所以他可以把箭射得很准，也很远。但是再远一点，黄忠就不行了。因为要射得很远，弓就必须造得很大，人凭着臂力拉开就很吃力。那怎么办呢？沈括在《梦溪笔谈》里给我们留下了一条记录。

> 熙宁中，李定献偏架弩，似弓而施干镫。以镫距地而张之，射三百步，能洞重札，谓之"神臂弓"，最为利器。

在神宗熙宁年间，有个叫李定的党项族首领投奔朝廷，他献上了一种特殊的弓。这种弓最大的特点是"施干镫"（装有连杆和踏脚），射箭的时候，把踏脚踩到地上使弓张开。这使得弓的

> 沈括总结的"弓有六善"，包括了材料学和工艺方面的内容，可以毫不夸张地说，几乎每一条都蕴涵着深刻的科学道理，具有极高的科学价值。

137

弹射力大大提高，所以射程很远，能"射三百步"，而且威力惊人，能射穿铠甲上的几层铁片，是一种极具杀伤力的兵器。这种弓被称为"神臂弓"，沈括建议大批量制造神臂弓，以期在御敌的战场上取得主动。由于他的推荐，这种"神臂弓"在宋军中得到广泛使用，甚至一直沿用至南宋时代。

沈括这位稀世通才，以这样一种方式，在军史上留下了他的名字。

这一讲我们说到，沈括关注军事问题，缘自于舅舅许洞的影响，他由此成为一位军事家。而就在这一时期，沈括得了一场大病。因为这场大病，沈括开始对另外一个学科门类产生了兴趣，后来成为了这门学科的专家。那么，这究竟是怎样一门学科呢？请看下一讲《因病成医》。

第八讲　因病成医

沈括是怎么和中医结缘的？

沈括对药物有什么看法和心得？

什么是「五运六气」？

沈括都有哪些遗憾？

　　上一讲我们说到，沈括在少年的时候，曾经和他的舅舅军事家许洞学习过武术。沈括为什么要去学武呢？很重要的原因是沈括小的时候身体很差，学武是为了强身健体。

　　沈括大约出生于宋仁宗明道元（公元1032年）。他出生的时候，父亲已经五十五岁，母亲也有四十七岁，差不多到了男女生育年龄的极限了。父母到了这个年纪，还能不能优生优育，我们就不知道了。但是沈括自幼身体状况就不是很好，体质羸弱，父母为他到处寻医问药，也没能治好。在这种情况下，通过学习武术来强健体魄，倒不失为一种选择。但是，许洞大概也不会什么"九阳神功"，所以小沈括虽然学了武，但是终究没有脱胎换骨，他的体质依然很差。

　　羸弱的身体不仅让父母"纠结"，也让小沈括吃尽了苦头，他经常生病，甚至一度影响了学业。不过，沈括却因此对中医产生了兴趣，后来甚至成为一位医学家。这是怎么一回事呢？

沈括是怎么和中医结缘的？

我们来说一说影响沈括一生的一场大病。

沈括的父亲沈周做了三十年的官，不过都是一些基层官职。沈括出生以后，因为身体不好，再加上是老来得子，所以受到父亲特殊的疼爱。沈周把这个小儿子带在身边，辗转于各地，奔波于仕途，这在一定程度上影响到了沈括的学业。

沈括的幼儿园和小学教育，是由母亲完成的。到了十二岁，家里才正式为他延师授业，系统地进行传统儒家思想的教育。这个年龄才入学，在封建年代，那是相当晚了，所以小沈括学习非常用功。但是，先天不足加上后天的过度消耗，立马就让小家伙吃到了苦头。他感到颈项疼痛，体虚力乏。

儿子得了病，那还得了？！母亲赶忙就到处求医。但医生是找了不少，却都治不好小沈括的病。就在母亲忧心忡忡的时候，有个朋友向她推荐了一位叫王琪的草根医生。

"能行吗？"母亲问。

"肯定行，"朋友说，"这可是个神医！"

"神医？"母亲心想，"为了儿子的病，神医我可请得多了。这不会是个跳大神的吧？"但是儿子的病不能再拖延了，于是她就叫人把王琪请了过来。

这个"神医"王琪摇摇摆摆地来了。一番望闻问切之后，得开药方呀？哪知"神医"大摇其头："不行，这个药方是保密的，不外传。"那怎么办呢？"神医"说："我给你们配吧。"在古代，草根医生给人看病，可以分文不取，但是他们的医方是不会轻易示人的。这倒也可以理解。于是，这位"神医"就回家配药，很快就送来一些丸药，说叫"神保丸"，可以治小家伙的病。

真的可以吗？小沈括服下丸药，病果然就好了。

这一下，可让小沈括的心里深受触动。他自幼饱受病痛折磨，看过的医生还真不少，但是这样一方见效的还不多。这场病，让沈括认识到了蕴藏在草根身上的非凡能力，成为他"草根情结"形成的一个很重要的原因；同时也让他开始对中医产生了兴趣。

他缠上了神医王琪，一定要他的那个方子。这怎么行？王琪当然不会轻易就给他。但是后来，王琪经不住小沈括的软磨硬泡，还是把"神保丸"的秘方传给了他。这成为沈括生平搜集的第一个医方。

从那以后，搜集医方就成为沈括的一个特殊的嗜好。北宋末年有个叫林灵素的道士，说沈括为了治方，"凡所至之处，莫不询究，或医师，或里巷，或小人，以至士大夫之家，山林隐者，无不求访。及一药一术，皆至诚恳切而得之"。由此可见他治方之勤。按照现在网络上的说法，他可以叫作"医方控"。那么，他都是怎么去弄医方的呢？

我们举个例子。沈括曾经得到过一个方子，叫作"四生散"，这是一个治眼病的医方。他是怎么得到的呢？

沈括十八岁的时候，因为长时间伏案练字，用眼过度，得了眼疾。当时，家里面搞到了一个"乌头煎丸"的方子。不过这个方子不是很对症，沈括服下去以后，没有去根。从那以后，眼疾就成为沈括一个很要命的病痛，"楚痛凡三十年"。

二十多年以后，熙宁七年（公元1074年），沈括奉命察访河北西路。

> 予为河北察访使时，病赤目四十余日。黑睛旁黯赤成疮，昼夜痛楚，百疗不瘳。

他的眼病又犯了，眼睛发红，病了四十多天；还生了疮，日夜痛楚。这时候沈括已是朝中一颗冉冉升起的"政坛新星"，很多人看好他，都来巴结他，给他弄了不少方子，但都不见成效。

那怎么办呢？

> 郎官邱革相见，问予病目如此，曾耳中痒否。若耳中痒，即是肾家风。有四生散疗肾风，每作二三服即瘥。

有个叫邱革的郎官，就问沈括："大人您耳朵里面是不是发痒呢？"

"是有点痒，不过，眼睛有毛病关耳朵什么事呢？"沈括就问他。

邱革说："如果耳朵痒，那就是肾家风。这病可以治，我有方子。"

沈括一听说有医方，耳朵就竖起来了，马上向邱革求教。他虚心的态度让邱革觉得很有面子，就给了他一个"四生散"的方子。

沈括如获至宝，叫手下去配药，然后按照邱革交代的方法服用。那么药效如何呢？

> 予传其方，合服之。午时一服，临卧一服，目反大痛。至二鼓时，乃能眠。及觉，目赤稍散。不复痛矣，更进三四服，遂平安如常。

他午时服用一剂，临睡前又服用了一剂。但是眼睛非但没好，反而更加疼痛了。他在床上辗转反侧，心里面那个懊悔呀，

早知道服药眼睛会这么疼，干吗还以身试药呢？这样一直折腾到二更天，他才睡着。

第二天，沈括一早醒来，发现眼睛的红肿已经稍稍退去，也不再疼痛了。——还真有效。沈括连续吃了三四服，眼疾就痊愈了。

这个神奇的"四生散"方就被沈括收了下来。

不过，光收医方是不够的。方子里面的药物，有的需要特殊的炮制方法，如果不懂这个，光有医方也是治不了病的。那沈括又是怎么去搜集的呢？

我们举个例子。沈括家里面曾经收过"秋石"方，这个方子很有效。父亲沈周咳嗽九年，服用各种药物都不见效，用了这个方子才见好转。家族里面有人得了"颠眩腹鼓"病，病了三年，也是用了这个方子才告痊愈。

沈括被贬到宣州，心情郁闷，"大病踰年"，家里人就送来了这个方子。不过，一个道士看了这个方子，说："方子里面的药物，还有另外一种炼制方法。"什么方法呢？道士不说了。沈括不死心，再三求教。过了很久，道士才把炼制方法告诉沈括，并且对他说："须得二法相兼，其药能洞人骨髓，无所不至。"意思是说，只有两种炼法一起使用，才能发挥药效。沈括依法服用，果然痊愈了。

就这样，沈括搜集了许多药方。永乐城兵败以后，沈括被贬，他有了时间，就把这些药方整理出来，汇集

《苏沈内翰良方》

成册，叫作《沈存中良方》。后人把这部书和苏轼的《苏学士方》合在一起，称为《苏沈内翰良方》（又名《苏沈良方》）。这是一部非常有名的医学著作，其中的很多医方"已为世所常用，至今神效"。

医方是整理完了，沈括还有很多医学见解，治病救人的心得，这些怎么办呢？他就把这些材料都写进了《梦溪笔谈》。

沈括对药物有什么看法和心得？

《梦溪笔谈》在这方面的记载很多，我们来说一说与药物有关的一些，——因为沈括的良方必须辅之以"良药"。

在这方面，沈括都有哪些看法和心得呢？我们总结一下，大概有三点：一是选准用药部位，否则不会取得应有的药效。二是辨明入药植株。因为中医主要是以植物入药，古代还没有植物分类学，对同一种植物可能有不同的命名，或者把不同的植物看成是一种。三是采药不拘于时，应该在其药效最好的时候采集。沈括对药学方面的论述十分精辟，多能发前人之所未发，很有独到见解。

我们以一种叫作马兜铃的中草药来说说这个问题。

马兜铃大家不会陌生吧，《西游记》里就有关于它的故事。

唐僧师徒来到朱紫国。

皇后被妖精赛太岁给掳走了，国王因此受了惊吓，得了病，张榜求医。孙悟空揭了皇榜，入宫诊病，他用悬丝诊脉之法，诊出国王得的是"双鸟失群"之症。病诊出来了，国王就请孙悟空配药。孙悟空像神医王琪一样，故弄玄虚，玩了个玄的。他要医官送来八百八十味药，每味三斤，这几千斤药把驿馆堆得像药铺

似的。实际上，孙悟空只用了大黄、巴豆两味药，每味一两。又用锅底灰和白龙马的尿，拌在一起，搓了三个大丸子，叫作"乌金丹"。——恰如八戒所说，"锅灰拌的，怎么不是乌金！"

孙悟空还叫龙王下了一点无根水，让国王服药。那王服下乌金丹后，肚子里咕咕作响，马上就要上厕所，连续去了三四次，才把腹中之物排干净。国王的肠胃通畅了，便服了点米饮，渐觉心胸宽泰，气血调和，进而精神抖擞，脚力强健，须臾间，便又是一条活"龙"了。

病被治好了，国王非常高兴，安排筵宴酬谢唐僧师徒。席间，他请孙悟空连吃三杯酒，还要敬他第四杯。一旁的猪八戒馋了，叫了起来："陛下，吃的药也亏了我，那药里有马——"他的意思是说，乌金丹里面的马尿，可是他弄来的。孙悟空听说，恐怕八戒泄密，就把手中酒递给他。八戒接着就吃，不再说话了。

国王问道："神僧说药里有马，是什么马？"

孙悟空的脑筋多灵光，他接过口来说道："我这兄弟，是这般口敞，但有个经验的好方儿，他就要说与人。陛下早间吃药，内有马兜铃。"

国王不懂医，就问众官："马兜铃是何品味？能医何证？"

医官就在一旁说道："主公，兜铃味苦寒无毒，定喘消痰大有功。通气最能除血蛊，补虚宁嗽又宽中。"

医官这一解说，国王觉得这马兜铃品味高、医证好，很是高兴，笑道："用得当，用得当！猪长老再饮一杯。"馋嘴的猪八戒终于也喝到了三杯酒。

故事里面提到的马兜铃，为多年生的缠绕性草本植物，它是一味很有意思的中药。马兜铃因其成熟果实如挂于马颈下的响铃而得名，果实入药，可以清肺镇咳化痰；它的茎入药叫天仙藤，能祛风活血；沈括说，"马兜铃的根，是另一种药独行"，也叫青木香，有解毒、利尿、理气止痛的功效，不过因为有毒性，现在国家已经禁用了。

一株植物，不同的部位都可以入药，但它们所主治的疾病是不一样的，岂能混淆？更有甚者，有的药物，不同部位的药力恰恰相反。沈括举例说：

> 如巴豆能利人，唯其壳能止之；甜瓜蒂能吐人，唯其肉能解之；坐拿能懵人，食其心则醒；楝根皮泻人，枝皮则吐人；邕州所贡蓝药即蓝蛇之首，能杀人，蓝蛇之尾能解药；鸟兽之肉皆补血，其毛角鳞鬣皆破血；鹰鹯食鸟兽之肉，虽筋骨皆化而独不能化毛。如此之类甚多，悉是一物而性理相反如此。

巴豆是让人腹泻的药，但它的果壳却能止泻；甜瓜蒂能使人呕吐，但甜瓜肉却能解除这种呕吐；坐拿能使人昏迷，服用它的茎髓却能让人清醒；苦楝的根皮可使人腹泻，但树皮却是使人呕吐；邕州进贡的蓝药就是蓝蛇的头，能毒死人，但蓝蛇的尾部却能解除这种毒；鸟兽的肉都能补血，但它们的毛角鳞鬣又都耗损血；鹰鹯等猛禽食鸟兽的肉，虽然把筋骨都消化了，但唯独不能消化它们的毛。像这样的情形很多，全部同属于一种动植物，但它们的性味、药理竟如此相反。

所以沈括说："虽是一物，性或不同，苟未深达其理，未可妄用。"意思是说，有的中药虽然是取自同一种动植物，但它们的药性或许不同，如果没有深入通晓它的药理，千万不要乱用。这就是沈括的第一个观点：选准用药部位。

所以沈括说："虽是一物，性或不同，苟未深达其理，未可妄用。"意思是说，有的中药虽然是取自同一种动植物，但它们的药性或许不同，如果没有深入通晓它的药理，千万不要乱用。

我们再来说说沈括的第二个观点：要辨明入药植株。

马兜铃在植物分类学上属马兜铃科。这一科里面的植物有很多，其中还有有毒的。如果不加区分，张冠李戴，那就不仅不能治病，甚至还能致命。沈括在《梦溪笔谈》举了一个细辛的例子。

细辛是什么样子呢？

> 细辛出华山，极细而直，深紫色，味极辛，嚼之习习如生椒，其辛更甚于椒。

细辛是有毒的，不过有镇痛作用。鲁迅曾经回忆，他小的时候"曾经牙痛，历试诸方，只有用细辛者稍有效"，他就是用细辛来治牙痛的。

此外，古人也有用细辛来香口（除口气）的。据说，在东汉桓帝的时候，有一位名叫刁存的侍中，有口臭的毛病。上朝面奏的时候，尽管已经很注意，但是他的口气还是让皇帝难以忍受。一天，桓帝突然赐给刁存一样东西，叫他含到嘴里。刁存拿到手一看，这东西像钉子般大小，不知是何物。既然皇帝叫含那就含呗，他就把这东西含到嘴里。哪知这东西入口后，刁存顿觉味辛刺口，他以为是自己犯了什么错，所以皇上给以毒药赐死。刁存没敢把这"毒药"咽下，退朝后便急忙回家与家人诀别，家人哀泣不已。恰好有一位朋友来访，闻听此事，觉得有些蹊

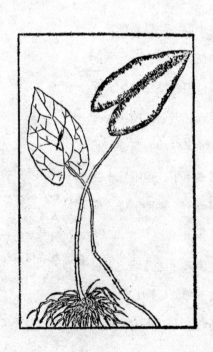

细辛

148

跷，就叫刁存把"毒药"吐出来看看。刁存吐出后，却闻到一股浓郁的香气。朋友认出这是一枚上等的鸡舌香，能香口，——这是皇上的特别恩赐。原来是一场虚惊。这种鸡舌香的配方，现在已经不知道了。不过，晋代有一本叫《肘后卒救方》的书，就记载了可以将细辛研末含口中，达到香口的目的。

可见细辛还是有广泛用途的。

不过，细辛是一种泛称。在植物分类学上，它属于马兜铃科细辛属。这一属的植物在我国有三十种，并且有四个变种和一个变型。这么复杂的情况，在入药的过程中难免出错。沈括指出，当时就有把杜衡误作为细辛的情形。

杜衡是什么样子的呢？杜衡和细辛一样，也属于马兜铃科。不过，杜衡叶子像向日葵，形状像马蹄，而且呈黄白色，蜷曲而脆，晒干后呈团状。这在植株性状上和细辛有很大的不同。而且杜衡也是有毒的，它所含的一种叫黄樟醚的物质能使呼吸中枢麻痹。所以把杜衡当作细辛来使用，不但不能香口、治牙痛，甚至可能是致命的。

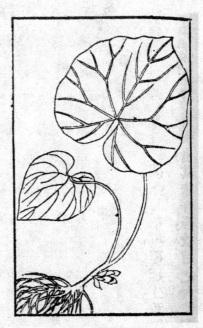

沈括把这种区分写进了《笔谈》，十多年以后，寇宗奭在《本草衍义》中就采纳了沈括的说法。后来李时珍在《本草纲目》中，也沿用了沈括的辨析。这以后，大家对杜衡和细辛算是有了比较明确的区分。我们要感谢沈括，如果不是他，那当年鲁迅用的可能就是杜衡而不是细辛，那可就麻烦啦。

我们再说第三点，采药不拘于时。

杜衡

先来欣赏一首诗：

人间四月芳菲尽，

山寺桃花始盛开。

长恨春归无觅处，

不知转入此中来。

这首诗大家很熟悉，是白居易游庐山大林寺时候写的。那么，为什么平地上都"四月芳菲尽"了，山寺的桃花才"始盛开"呢？是因为"山高地深，时节绝晚"所造成的。白居易的诗，揭示了地势高下对植物生长的影响。由此可见，植物的生长要受到多种自然因素的影响。

但是古人采药，多集中在二月和八月，为什么呢？这是因为"二月草已芽，八月苗未枯"，容易辨认罢了，但对药的质地来说，在二月、八月采摘则未必是好的时候。

那么这么做对药效有什么影响呢？沈括举了一个地黄的例子。

地黄是一味传统中药，在我国古代它还被蒙上了一层神秘的色彩。东晋葛洪所著的《抱朴子》中记载，一个叫楚文子的，他吃了八年地黄，结果不仅晚上可以看得很远很清楚，手上也有劲了，可以驾驭车弩了；还说"韩子治用地黄苗喂五十岁老马，生三驹，又一百三十岁乃死"，够玄的吧。不过这味药还是很不错的，苏轼晚年，常感心烦口渴。他就自种地黄一片，经常食用，结果不再烦躁，内热也渐退。

地黄的药用部位是它的根茎。怎么采摘才最科学呢？沈括说，"须取无茎叶时采"，因为这样，药物成分都集中在根部。但是，如果是在根茎已经发苗的二月去采摘，药材就会"虚而浮"，药效

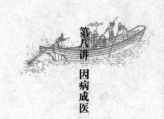

就会大打折扣。所以，采药要根据药材生长的实际情况，"岂可一切拘以定月哉"？如采不适时，或采自非最佳生长环境，则对药物的功效有很大的影响。现代药学理论也支持这一观点，同一味药物的同一个药用部位，不同的采收季节，质量确实存在差异。由此我们可以看到，沈括对药物学方面的精深造诣。

那么，按照沈括的见解采收的"好药"该怎么给患者服用呢？这就涉及剂型的问题了。

我国中药的剂型源远流长，早在秦汉时代的《神农本草经》中，就有关于丸、散、膏、丹、酒等剂型的记述。这些剂型经过长期的临床实践，都具有一定的实用性，且制备简单，安全性较高，基本上适应了辨证施治的需要。那么，在具体的临床实践中，医生该怎么去选择合适的剂型呢？

沈括根据他的经验，对汤、散、丸这三种主要剂型的选择，提出了自己的看法。他说：

> 汤、散、丸各有所宜。……大体欲达五脏四肢者莫如汤，欲留膈胃中者莫如散，久而后散者莫如丸；又无毒者宜汤，小毒者宜散，大毒者须用丸。又欲速者用汤，稍缓者用散，甚缓者用丸。此其大概也。近世用汤者全少，应汤者皆用煮散。大率汤剂气势完壮，力与丸、散倍蓰；煮散者一啜不过三、五钱极矣，比功较力，岂敌汤势？然汤既力大，则不宜有失消息。用之全在良工，难可以定论拘也。

> 沈括根据他的经验，对汤、散、丸这三种主要剂型的选择，提出了自己的看法。

沈括认为，这三种剂型的区别是很大的。汤剂用于病情较急者，其特点是吸收快，作用迅速，加减灵活。散剂服用方便，对胃肠发生直接作用。丸剂则用于长期虚弱的患者，或者难以用汤

剂猛攻者。那些具有毒性的药物（如朱砂）难以入煎剂，以及不宜煎服的药（如麝香、冰片等）多制成丸剂。沈括得出了这样的剂型原则：汤剂用于本体欲达五脏四肢者，无毒者，欲速者；散剂用于欲留膈胃中，小毒者，稍缓者；丸剂则用于久而后散者，大毒者，甚缓者。沈括同时指出：如何选用药剂，全靠良医实践，不可以拘泥于固定的成法，"用之全在良工，难可以定论拘也"。这一原则也是中医学的基本法则。

在药物学方面，沈括居然有这么多深刻的认识，我们不得不赞叹。不过，沈括对中医学的贡献，还不在这方面，而主要是在中医运气学说的推广上。那么，什么是"运气学说"呢？

什么是"五运六气"？

我国现存成书最早的一部医学典籍，叫《黄帝内经》，它分为《灵枢》和《素问》两个部分。运气学说，就起源于《素问》。

据说，《素问》原有九卷，后来第七卷亡佚。有个叫王冰的唐朝人，说他得到了一个"秘本"，就是这第七卷。这神秘的第七卷到底写的是什么呢？就是所谓的"运气学说"。

"运气"是把五运和六气合起来说的。五运指金、木、水、火、土五行的运行，六气指风、寒、暑、湿、燥、火六气的流转。运气学说认为自然界有五运六气的变化，人体也有脏腑和经络之气的运动，而且这两者是相通相应的，因而自然界的五运六气，可以影响人体的生理和病理。简而言之，运气学说就是推测"五运六气"的变化及其与疾病的发生、发展和治疗关系的学说，它在中医学乃至传统文化中，都具有非常重要的地位。

不过，运气学说从王冰开始到北宋初年的三百年间，一直得不到医学界的足够重视。北宋中叶，中医学有了很大发展，运气学说开始被医学界广泛采用。沈括就是推动运气学说走向繁荣的一个代表性人物。那么，沈括是怎么理解运气学说的呢？

沈括说：

> 大凡物理有常有变。运气所主者，常也；异夫所主者，皆变也。常则如本气，变则无所不至，而各有所占，故其候有从、逆、淫、郁、胜、复、太过、不足之变，其发皆不同。

这段话的意思是，一般说来，事物的变化规律有正常变化和异常变化。运气占主导地位的时候，是正常变化；运气不占主导地位的时候，就属于异常变化了。异常变化是无所不在的，医家要"因其情变，或治以天，或治以人"，即有的病由气候变化而导致，有的病由人体内部脏腑气血失常所致，治疗时要区别对待，怎么能拘泥于死板的套路呢？

我们从这段话可以看出，沈括根据不同时间、地点、条件对我国中医的五运六气理论做了灵活的解释和运用。沈括强调自然界的变化有规律性的正常变化和非规律性的异常变化之分，注意到异常变化无所不在，不可"胶于定法"，要因时因地制宜。所以他的解释有验可寻，可为后世法。仅凭这一点，沈括就奠定了自己在中国医学思想史上的地位。

为了说明这个观点，沈括在《梦溪笔谈》记载了一个医案。

> 沈括强调自然界的变化有规律性的正常变化和非规律性的异常变化之分，注意到异常变化无所不在，不可"胶于定法"，要因时因地制宜。

> 四明僧奉真，良医也。天章阁待制许元为江淮发运使，奏课于京师。方欲入对，而其子疾亟，瞑而不食，惙惙欲死逾宿矣。使奉真视之，曰："脾已绝，不可治，死在明

日。"元曰："观其疾势，固知其不可救。今方有事须陛对，能延数日之期否？"奉真曰："如此似可。诸脏皆已衰，唯肝脏独过。脾为肝所胜，其气先绝，一脏绝则死。若急泻肝气，令肝气衰，则脾少缓，可延三日。过此无术也。"乃投药，至晚乃能张目，稍稍复啜粥，明日渐苏而能食。元甚喜。奉真笑曰："此不足喜，肝气暂舒耳，无能为也。"后三日果卒。

有一次，江淮发运使许元要回汴京，向宋真宗汇报税收情况。不巧，他的儿子得了急病，躺在那儿闭着眼睛不吃东西，恹恹欲死，已有一夜了。得赶紧请人救治，于是有人就向许元推荐了一个叫奉真的和尚。

许元派人去请来了奉真。奉真看了看公子，对许元说："不行了，脾脏已经完全丧失功能了，无法医治，公子明天就会死。"

许元很难过，他对奉真说："看孩子的病势，就知道他不可救治。"但是许元急着回京面圣，又不能因为儿子的丧事耽误行程，就问奉真："能延数日之期否？"这意思是说，能不能给儿子延长几天寿命呢？

给一个垂死的人续命，这事可有点玄，但是奉真居然说："如此似可。"不过，他又说，公子这命，只可以延长三天时间，三天过后就没有办法了。

许元大喜过望，就请奉真下药。这奉真果然有回天之力，他投药之后，公子到了晚上就睁开眼睛，可以稍许喝点粥，第二天居然能吃些饭了。

许元很高兴。奉真笑了，他对许元说："此不足喜，我只能续命三天。"过了三天，许元的儿子果然死了。

这个奉真和尚真是个"神僧"，可以断人生死，回天续命吗？非也！这个和尚只不过是个医生。那么他为什么能给公子续命呢？奉真自己说，人的内脏器官，任何一脏丧失功能就会死。公子的病出在脾脏上，他的各个内脏器官都已经衰竭，只有肝脏过于旺盛。脾脏被肝脏所克，脾气必定先失，人就会死。如果立刻疏泻肝气，让肝气衰减，那么脾就能稍许缓解，这样的话，"可延三日"。

奉真和尚的话很玄吧。——这就是对运气学说的灵活运用。

由于沈括这一代人的大力提倡，运气学说还取得了在科举考试中的重要地位。王安石变法之后，把运气学说作为太医局考试医生的科目之一，供医学考试用的《太医局诸科程文》中，每卷均有一道运气题。这使得运气学说更为盛行，成为医家的"显学"，对中医学体系的最终完成起了重要的推动作用。以至于后来民间有了这样一句谚语：不读五运六气，检遍方书何济？可见运气学说对后世医学的影响。

> 由于沈括这一代人的大力提倡，运气学说还取得了在科举考试中的重要地位。

沈括都有哪些遗憾？

前面我们历数了沈括在医学上的种种造诣，可以毫不夸张地说，沈括是一位医学大家。不过，这位"大家"也遇到了许多医学谜题，让他非常困惑。

《笔谈》记载了这样一些"奇疾"：

> 吕缙叔以知制诰知颍州，忽得疾，但缩小，临终仅如小儿。古人不曾有此疾，终无人识。有松滋令姜愚，无他疾，

忽不识字，数年方稍稍复旧。又有一人家妾，视直物皆曲，弓弦界尺之类，视之皆如钩，医僧奉真亲见之。江南逆旅中一老妇，啖物不知饱。徐德占过逆旅，老妇愬以饥，其子耻之，对德占以蒸饼啖之，尽一竹簟，约百饼，犹称饥不已；日食饭一石米，随即痢之，饥复如故。京兆醴泉主簿蔡绳，予友人也，亦得饥疾，每饥立须啖物，稍迟则顿仆闷绝，怀中常置饼饵，虽对贵官，遇饥亦便龁啖。绳有美行，博学有文，为时闻人，终以此不幸。无人识其疾，每为之哀伤。

这些疾病，一种是缩骨奇疾。吕缙叔以知制诰的官衔担任颍州知州，忽然得病，身体不断缩小，到临死时，他的体型就像小孩一样。古人不曾有过这种疾病的记载，所以始终也没有人知道这是什么病。这种奇怪的病症很罕见，后来，明代的江氏父子著《名医类案》，广罗天下医案，就把吕缙叔这个案例收了进去，经过他们再三搜集，也不过找到三个相同的案子。那人体突然缩小，究竟是怎么回事呢？可能谁也不知道了。

第二种是"忽不识字"。有一个叫姜愚的松滋县令，没有其他的病，却忽然不认识字了，几年以后才稍微复原。这种病症，应该是脑部受了损伤所致，但是在沈括所处的年代，还没有这样的认识，所以只能认为是"奇疾"了。

第三种是视物变形。有一个人家的小妾，把笔直的东西都看成是弯曲的，却把弓的弦和界尺一类直的东西都看成像弯钩。这也是脑神经或视神经出了问题，但是就连"神僧"奉真也束手无策，无法治疗。

第四种是"啖物不知饱"。江南的一个旅店中有一老妇人，吃东西不知道饱。徐德占经过那个旅舍，老妇人对他喊肚子饿。

老妇的儿子觉得很羞愧，为了表明自己不是虐待老人，就当着徐德占的面，拿出蒸饼给母亲吃。老妇吃完了一竹筐约一百个饼，还是不停地喊饿。儿子说，母亲每天要吃一石米，吃完后马上拉肚子，然后还同没吃以前一样喊肚子饿。给老妇和她儿子带来极大痛苦的这种"饥饿病"，现代医学已经进行了一些研究，但也还不能确诊。

沈括的好友蔡绳，也得了饥饿病。当他觉得饿的时候，必须马上吃东西，稍微慢一点就会昏倒在地。蔡绳怀中常带有饼，即使当着上级的面，碰到饥饿他也必须马上吃东西。蔡绳的这种"饥饿病"，可能是因患糖尿病而引起的多食，"稍迟则顿仆闷绝"可能是糖尿病低血糖所致，但是这种病在当时还没有被人们所认识。这个蔡绳，行为端正，学识丰富而富有文采，是当时有名气的人。但是罹患"奇疾"，不仅损害了他的身心健康；当众"啖物"，也有损于他的个人形象和仕途发展，人们只能替他悲伤惋惜。作为好友的沈括，想必也是很难过的。

这些"奇疾"，都是当时的医学水平不能解释和治疗的，沈括只好把它们记录下来，留给后人去研究了。

《笔谈》还记载了一个自然之谜。

漳州界有一水号乌脚溪，涉者足皆如墨，数十里间水皆不可饮，饮皆病瘴，行人皆载水自随。梅龙图公仪宦州县时，沿牒至漳州，素多病，预忧瘴疠为害。至乌脚溪，使数人肩荷之，以物蒙身，恐为毒水所沾。兢惕过甚，睢盱矍铄，忽坠水中，至于没顶，乃出之，举体黑如昆仑，自谓必死，然自此宿病尽除，顿觉康健，无复昔之羸瘵，又不知何也。

漳州一带有一条河，叫作"乌脚溪"，涉水过河的人脚都会变成黑色，几十里之内水都不能喝，喝了的话就会闹肚子，所以路过这里的人都是自己带水而行。龙图阁大学士梅挚在州县任职的时候，奉命去漳州，要经过这条"恐怖的河"。梅挚向来多病，为预防毒水沾上身，使自己病上加病，就把自己包裹起来，让好几个人用肩扛着他过河。可能是因为过于紧张，他反而坠入河中，河水淹没了他的头顶。梅挚被救出来以后，全身从脚到头都是黑的，像黑人一样，他认为自己是必死无疑了。可是从那儿之后，他的旧病全消，觉得身体健康，不再像过去那样衰弱了。

这件事确实很奇怪。梅挚掉进河中，想必也呛了几口水，但是却没有闹肚子。这条祸害别人的乌脚溪，却让梅挚身体康复，这是为什么呢？写到这里，沈括也只能叹息世界之大，而自己的知识、能力不够了。

这一讲，我们说的是沈括如何成为一位医学家的。他是因为一场大病，而对中医学产生了兴趣，应当说，他进入这门学科领域并没有什么功利色彩。而在沈括的一生中，还有过一次为了求取功名而精研学问的经历，那么，这是一门什么学问呢？请看下一讲《广陵绝响》。

第九讲 广陵绝响

沈括是怎么和音乐结缘的？

沈括有着怎样的音乐美学思想？

怎样才能制作出一件"好"的乐器？

上一讲我们说到，在沈括的一生中，有过一次为了求取功名而精研学问的经历，那么，这是一门什么学问呢？

这门学问就是音乐学。我们至今还没有资料显示，沈括为什么会对音乐感兴趣。但是有一点是可以肯定的，那就是，沈括研究音乐的动机并不那么纯正，是有一点功利想法的。这是怎么回事呢？

沈括是怎么和音乐结缘的？

这就要从沈括的仕途经历说起。

我们知道，沈括最初入仕，是子承父荫。因为父亲曾经做过官，他可以直接进入公务员系列。这样，他就来到沭阳，做了一个主簿（相当于现在的县政府办公室主任），然后又代理了县令（相当于现在的县长）。在代理县令期间，他处理了民夫骚乱事件，治理了沭水，政绩突出。这让沈括感觉，自己的能力还是蛮不错的，代理县令，只是小试牛刀而已。

但是，沈括碰到了一个新的问题。就是他的前途问题。

北宋的官场，讲究"出身"。凡是进士登第而步入仕途的，称为"有出身"；而像沈括这样子承父荫的，就属于"无出身"。"无出身"的人，是很难得到重用的，并且随时还有被解雇的可能。这对于沈括来说，他是无论如何也不能接受的。因为他很有抱负，也很有能力。还有一个问题：即便是有了"出身"，如果没人提携，那也很难有好的发展。那沈括该怎么办呢？

沈括对自己的仕途发展进行了重新规划。他都有什么样的"发展规划"呢？概括来说，沈括的规划分为两步：第一步，参加科举考试；第二步，找社会名流提携。沈括是一个自视很高的人，他觉得，这两步下来，凭着他的能力，大概就会有一个很好的前程了。

那么，沈括究竟有没有达到他的目的呢？

我们先说他的第一步规划。

沈括向上级提出辞职，然后回家，准备参加科举考试。嘉祐七年（公元1062年），沈括三十一岁，他参加苏州地区的科举考试，考了第一名。沈括觉得非常满意，于是进京参加国家考试。这次国考，主考官是王安石和司马光。国家考试，竞争当然非常激烈，不过沈括还是考上了。这一年放榜进士一百九十四名，沈括榜上有名。

不过，沈括没有进入前六名。按照当年的规定，进士榜上前六名可以直接授予官职，后面的必须要"守选"。所谓"守选"，就是等待选用的意思。因为政府官员名额有限，要等到有空缺了才能补上，所以沈括只好耐心等待。

这样来说，沈括的第一步规划还完成得不错。在竞争激烈的

欧阳承叔像

欧阳修像

国考中，他一次就成功了，这是很了不起的。这样，沈括就有了一个"进士及第"的光环，有了一个"出身"，为他以后的发展奠定了基础。这算是一个不错的结果。

那么，第二步呢，沈括完成得如何？

第二步是找社会名流提携，沈括瞅准了一个人——欧阳修。

欧阳修在嘉祐六年（公元1061年）升任参知政事，这个官职相当于现在主管行政的国务院副总理。当时的欧阳修，不仅是文坛领袖，而且还有着善于举荐、选拔人才的美名。

《笔谈》记载了这样一件事：

> 欧阳文忠好推挽后学。王向少时为三班奉职，干当滁州一镇。时文忠守滁州。有书生为学子不行束脩，自往诣之，学子闭门不接。书生讼于向。向判其牒曰："礼闻来学，不闻往教。先生既已自屈，弟子宁不少高？盍二物以收威，岂两辞而造狱。"书生不直向判，径持牒以见欧公。公一阅，大称其才，遂为之延誉奖进，成就美名，卒为闻人。

在古代，学生入学是要向私塾老师交学费的，叫作"束脩"。在滁州，有一次，一个学生"不行束脩"，就是没有向老师交学费。老师很不满意，就自己去学生家里要；学生家里不买账了，关上门不接纳。这一下，老师更生气了，把学生告上官府。负责这个案件的官员叫王向，他看了老师的状子，觉得虽然学生做得不对，但这个老师的做法也有失体面。于是在老师的状纸上批了这样几行字："礼闻来学，不闻往教。先生既已自屈，弟子宁不少高？盍二物以收威，岂两辞而造狱。"判词中的"二物"是戒尺的意思。王向说：按照礼仪，只听说学生前来学习，没有听说先生自己上门去教的。先生既然已经将自己委屈，学生怎么不把自己稍微抬高？为什么不用戒尺这些东西，使学生的威风收敛，哪里还用得着为一点束脩来打官司呢？他把老师批评了一顿，也没有准他的状子。老师更生气了，他来了倔劲，就一路告到了太守那儿。

当时的滁州太守，正是欧阳修。他看了状子，也看了王向的判词。他不但同意王向的说法，并且认为王向在判决上、在判词的文采上都很好，"大称其才"，于是为他宣扬提携。王向因为欧阳修的举荐，造就了他的美名，终于成为"闻人"（名人）。

其实不仅是王向，像曾巩、王安石、三苏父子（苏洵、苏轼、苏辙）等名噪一时的人物，都是因为欧阳修的赏识和提携，才有了很好的社会美誉和仕途发展。对于这些，沈括也早有耳闻。既然有这样一位颇具慧眼的"伯乐"，自信可比"千里马"的沈括当然也不愿意坐失良机。于是，他想给欧阳修写一篇文章，让他向社会推荐自己，给自己造一个好名声。

那么，该写一篇什么内容的文章呢？沈括费了不少心思。说实话，沈括在文学上并不是特别优秀，他的文风非常朴实。《梦溪笔谈》的文风就是这样，准确、严谨，但不华丽。写这样的文章，不见得能突出自己的特点。而如果写一点科学方面的东西，这倒是沈括的特长，不过那位欧阳老先生怕也看不懂。那怎么办呢？

沈括就想到了他当时搜集的一些音乐方面的材料。礼乐在古代是维系社会秩序、凸显帝王威仪的一项重要的制度。儒家很重视音乐的教化作用，在儒家的思想体系里面，音乐是很重要的一个方面。儒家经典里面就有《乐经》，它和《诗经》、《尚书》、《礼记》、《周易》、《春秋》并称"六经"，不过早已失传了。如果把手头的这些资料整理一下，写成论文，这不是既填补了一项空白，又能显示自己的与众不同吗？于是，沈括就写了一篇《乐论》，进献给了欧阳修。

那这次投书的结果如何呢？欧阳修看了一遍，就束之高阁了。是因为沈括写得不够深刻，还是过于标新立异？又或者是欧阳修不感兴趣，甚至看不懂？我们就不知道了。反正是沈括的这次自我策划失败了。北宋当时的两代文化巨人就此失之交臂，不能不让人惋惜。而沈括到了十年之后的熙宁五年（公元1072年），才在政坛上蹒跚起步。

投书失败，对沈括打击很大。但是他也不好说什么，毕竟是自己用热脸贴人家的冷屁股呀。不过这件事一直让沈括心中有一点不舒服，也很不服气，直到三十年以后，他在《梦溪笔谈》里面，借着一件事把欧阳修小小讽刺了一下，发泄了一下自己心中的不满。

事情是这样的。

嘉祐中士人刘几累为国学第一人，骤为怪崄之语，学者翕然效之，遂成风俗。欧阳公深恶之。会公主文，决意痛惩，凡为新文者一切弃黜，时体为之一变，欧阳之功也。有一举人论曰："天地轧，万物茁，圣人发。"公曰："此必刘几也。"戏续之曰："秀才剌，试官刷。"乃以大朱笔横抹之,自首至尾,谓之"红勒帛",判"大纰缪"字榜之,既而果几也,复数年,公为御试考官,而几在庭。公曰:"除恶务力,今必痛斥轻薄子,以除文章之害。"有一士人论曰:"主上收精藏明于冕旒之下。"公曰:"吾已得刘几矣。"既黜,乃吴人萧稷也。是时试《尧舜性之赋》,有曰:"故得静而延年,独高五帝之寿;动而有勇,形为四罪之诛。"公大称赏,擢为第一人,及唱名,乃刘煇,人有识之者曰:"此刘几也,易名矣。"公愕然久之。

嘉祐年间,也就是欧阳修任参知政事前后,国子监有一个叫刘几的书生。这个刘几很有才华,多次在国子监被选为第一名;但是他也爱卖弄才华,"骤为怪崄之语",就是经常用怪异艰涩的词语写文章的意思。国子监是国家的最高学府,所以刘几这个"第一人"的影响很大,学生们一致仿效他,"遂成风俗"。这种不良的文风让欧阳修很厌恶,"决意痛惩"。

有一次考试,欧阳修评判试卷,看到一个学生这么写道:"天地轧,万物茁,圣人发。"意思是说,尽管遭受天地的排挤,万物仍在茁壮成长,圣人也由此被发掘出来。这话写得故作高深,让人不太看得懂。欧阳修一看就说:"这人肯定是刘几。"那他是怎么"痛惩"的呢?欧阳修模仿文中的语气,在后面续写了两句:"秀才刺,试官刷。"意思是说,秀才文辞中有刺长出来了,主考官就删除它。然后,他用大红笔从头到尾涂抹试卷,写上"大错误"三个字,然后让人贴出去。后来得知,试卷果然是刘几的。纠正不良文风固然是好事,但是,就欧阳修当时的地位和做法来说,就不妥当了,因为这实际上就断绝了一个年轻人的发展道路。

又过了几年，欧阳修负责国家大考。在殿试的时候，他还是保持在国子监的一贯做法，有一个叫萧稷的举子，在试卷里写了这样一句话："主上收精藏明于冕旒之下。"这话的意思是说，君王已经将世上的精英都搜罗到自己身边了。萧稷的文风和当年的刘几很接近，就被欧阳修贬黜了，结果名落孙山。不过，有一张卷子上写了这么一句："故得静而延年，独高五帝之寿；动而有勇，形为四罪之诛。"这话写得很对欧阳修胃口，他很赞赏，选拔此人为第一名。等到宣布名单时，得知此人叫刘辉。有人认得他，说："这是刘几呀！"怎么改了个名字呢？他不能不改。欧阳修当年那么对他，刘几要是不改名，还能有出头之日吗？

知道这个情况，欧阳修"愕然久之"。他能不"愕然"吗？这个自以为能够"识人"的一代文豪，实际上是被一个举子给戏弄了。一个曾经让他那么厌恶的人，换了一种文风，就可以得第一名，那么，欧阳修真的能"识人"吗？沈括用这种委婉的方式，批评了欧阳修。

不过，这个批评也只是发发牢骚而已。《乐论》并没有给沈括带来仕途之路的"惊天大逆转"；但是，《乐论》却给沈括开辟了一条新的学术道路，他在这条道路上继续走了下去，终于在中国音乐史上留下了他的名字。

那么，在这条新的学术道路上，沈括都做了哪些事情呢？

沈括有着怎样的音乐美学思想？

沈括对音乐的关注，首先是音乐的教化功能，这是儒家对音乐的传统认识，而他自己也是这种认识的实践者。

元丰三年（公元1080年）六月，沈括担任鄜延路经略安抚使，负责边境防务，并且参与了北宋对西夏的作战。军队需要高昂的斗志，沈括就发挥他的音乐才能，创作凯歌数十首，教士兵歌唱，来鼓舞士气。后来，在《笔谈》中，沈括还回忆当时"边兵每得胜回，则连队抗声凯歌"的激动场面，并记录了他原创的几首凯歌：

先取山西十二州，别分子将打衙头。回看秦塞低如马，渐见黄河直北流。

天威卷地过黄河，万里羌人尽汉歌。莫堰横山倒流水，从教西去作恩波。

马尾胡琴随汉车，曲声犹自怨单于。弯弓莫射云中雁，归雁如今不寄书。

旗队浑如锦绣堆，银装背嵬打回回，先教净扫安西路，待向河源饮马来。

灵武西凉不用围，蕃家总待纳王师。城中半是关西种，犹有当时轧吃儿。

虽然曲子已经失传，但我们从歌词中，依然可以看出沈括创作的凯歌，以豪迈雄健的气势、铿锵有力的节奏，表现了当时军民决心收复失地、巩固边防的雄心壮志。这些凯歌，是沈括重视音乐的教化作用，运用音乐为政治服务的结晶。

沈括也很重视乐曲的演奏。在《笔谈》中，沈括记载了一个草根乐师的精湛技艺：

熙宁中宫宴，教坊伶人徐衍奏稽琴，方进酒而一弦绝，

> 虽然曲子已经失传，但我们从歌词中，依然可以看出沈括创作的凯歌，以豪迈雄健的气势、铿锵有力的节奏，表现了当时军民决心收复失地、巩固边防的雄心壮志。

衍更不易琴，只用一弦终其曲，自此始为一弦稽琴格。

封建社会里，乐工和民间艺人身份很低，一直受到社会的歧视，而沈括却以赞扬的口吻叙述了民间艺人的高超演奏技艺。文中提到的"稽琴"是一种两弦拉弦乐器，宫中正在欢宴，伶人徐衍的稽琴却断了一根弦。如果他去换一把琴，倒也没有什么，不过宴会欢愉的气氛不免会受到一些影响。徐衍很了不起，他不去换琴，居然用一弦演奏了全曲，足见其熟练、精湛的演奏技艺。

不过，这么高超的演奏技艺，并不是沈括特别看重的。那么沈括究竟看重什么呢？

沈括看重的，是什么样的音乐才能感动和教化人。这其实是一个音乐美学问题，沈括在这方面，有他的独到认识。在《笔谈》里，沈括说了这样一段话：

> 后之为乐者，文备而实不足，乐师之志，主于中节奏、谐声律而已。古之乐师皆能通天下之志，故其哀乐成于心，然后宣于声，则必有形容以表之，故乐有志、声有容。其所以感人深者，不独出于器而已。

我们来解读一下。沈括认为，历来的音乐现象，都是音乐中有感情、歌声中有形态的。一个优秀的器乐演奏师，首先要了解天下人的思想感情，使音乐成为自己心中的音乐，他们的心里先有了悲哀和快乐的感情，然后在声音中表达出来，那就必然有适当的动作表情来配合表现它，这样就既有思想内容，又有音乐形象。沈括批评当时的某些音乐家，他们的演奏只在音乐节奏和音准上花心思，这样的音乐虽然形式完整，内容却不充实。他深刻

指出，技巧表现好比文章的文采，内容表现好比文章的实质，只有做到了"文备"而"实足"，才能算得上好的器乐演奏。徐衍能"只用一弦终其曲"，在演奏技艺上是很了不起的，但是如果他只是演奏乐曲，心中并没有对乐曲的感受，那他演奏出来的乐曲，并不能"感人深者"。沈括所说的，实际上就是内容和形式的问题，这是音乐美学的基本问题之一。

到底怎样才算是"文备"而"实足"呢？我们以沈括提到的《广陵散》为例来说明一下。

《广陵散》是我国古代十大古曲之一。这首古曲之所以那么有名，是因为它和两个故事有关。一个故事是它的内容，《广陵散》表现的是"聂政刺韩王"的故事。——这就是"文备"。另一个故事是它的演奏者，这是嵇康临刑时奏起的生命的最后乐章。——这就是"实足"。《广陵散》究竟是怎么做到"文备"而"实足"的呢？

我们先说第一个故事：聂政刺韩王。

战国的时候，有一个叫聂政的人。他的父亲为韩王铸剑，因延误日期而惨遭杀害。聂政立志为父亲报仇，他听说韩王喜欢听琴，就想扮作琴师接近韩王，然后刺杀他。聂政于是入山学琴，为了不让人认出自己，他"漆身为厉，吞炭变其音"，还"援石击落其齿"。总之彻底进行了一次毁容。

十年之后，聂政身成操琴绝技，名扬韩国。他在京城门楼下弹琴，"观者成行，马牛止听"，韩国人都被他的琴艺征服了。韩王得知有这样一位弹琴高手，就派人把他带进宫里献艺。进宫时，聂政把匕首藏在琴腹。在朝堂上，他弹的琴曲让韩王和群臣们深深陶醉。就在这时，聂政突然拔出匕首，把韩王刺死。

杀了国王，完成了报仇夙愿，聂政知道可能会连累自己家

> 他深刻指出，技巧表现好比文章的文采，内容表现好比文章的实质，只有做到了"文备"而"实足"，才能算得上好的器乐演奏。

人，就再次毁容，他"自犁剥面皮，断其形体"，这样人们就再也不认识他了。

后人根据这个故事，谱成琴曲，就是《广陵散》。这就奇怪了，按照故事来说，它是表现"聂政刺韩王"的，怎么会有这样一个风马牛不相及的名字——"广陵散"呢？沈括进行了一番考证。"广陵"是扬州的古称，那么"散"呢？沈括说，"散是一种曲子的名称。"也就是说，这是一首流行于古代广陵地区的琴曲。大概这首曲子谱好以后，并没有曲名，但又一直在广陵地区流传，所以就有了"广陵散"这个名称。

《广陵散》很特别，它的旋律激昂、慷慨，是我国现存古琴曲中唯一具有杀伐气氛的乐曲，表达了被压迫者反抗暴君的斗争精神，具有很高的思想性和艺术性。这样一首曲子，应该是符合沈括所说的"文备"的要求的。那么，《广陵散》又是怎样达到"实足"的呢？

这就要说到它的演奏者——嵇康了。

我们再来说说嵇康的故事。

嵇康是"竹林七贤"之一，他的妻子是曹操的曾孙女，所以他在政治上是倾向曹氏政权的。这样，他和当时掌权的司马昭就有了冲突。嵇康的朋友山涛曾向朝廷推荐他做官，在司马昭手下做官怎么行？嵇康很气愤，他毅然决然地与山涛绝交，并且写下了文化史上著名的《与山巨源绝交书》，以明心志。

他的这种不合作的态度让司马昭很不爽。因为嵇康在当时社会上影响很大，他代表了一种反对司马昭专政的势力，这是司马昭绝对

嵇康像

不能容忍的，所以决心坚决打压。司马昭觉得，既然拉不到自己的阵营中，不如索性就杀了嵇康，起到一个杀鸡骇猴的作用。那么，司马昭是怎么做的呢？

恰巧这个时候，嵇康卷进了他朋友的一个案子。这就给了司马昭一个机会：利用这个案子把嵇康牵连进去，既可杀之，又不会授人话柄，岂不妙哉。公元262年，司马昭下令将嵇康处以死刑。

杀掉嵇康这样一位名士，在当时社会上引起很大震动。在刑场上，有三千太学生向朝廷请愿，请求赦免嵇康，并要求拜嵇康为师，这正昭示了嵇康的学术地位和人格魅力。但这种"无理要求"当然不会被当权者接纳；而这种"集体请愿"活动也让司马昭觉得不安，这个人太有影响力了，绝对不能让他活着！所以嵇康还是被杀害了，他死时年仅三十九岁。

在嵇康临死之前，他要来一张琴，在高高的刑台上，面对成千上万前来为他送行的人们，弹奏了《广陵散》。嵇康本身就是一位鼓琴高手，而他弹的恰恰就是一首反抗暴君的曲子。琴曲的内容、自己的人生经历、高超的琴艺完美地融合在一起。铮铮的琴声、神秘的曲调，铺天盖地，飘进了每个人的心里。一曲弹毕，嵇康叹息说："广陵散于今绝矣！"然后从容地引首就戮。

《广陵散》真的绝传了吗？那倒不是，我们现在还能听到这首曲子。那为什么会说"于今绝矣"呢？所谓的"于今绝矣"，并非指曲子本身而言，而是指像嵇康那样的演奏者再也不能出现了；后人在演奏《广陵散》时，再也不能达到嵇康那种"文备"而"实足"的境界了。

这就是沈括的音乐美学思想。他要求演奏者不仅仅要把一首乐曲给演奏出来，还要有对乐曲本身的理解，要把自己融入到乐曲当中，这样的乐曲才能真正感染人、教化人。

但是这样演奏者实在是太少了，沈括认为，在当世恐怕只有琴师义海一人而已。义海又是何许人也？《笔谈》里面有一条关于他的笔记：

> 兴国中，琴待诏朱文济鼓琴为天下第一。京师僧慧日大师夷中尽得其法，以授越僧义海。海尽夷中之艺，乃入越州法华山习之，谢绝过从，积十年不下山，昼夜不释弦，遂穷其妙。天下从海学琴者辐辏，无有臻其奥，海今老矣，指法于此遂绝。海读书能为文，士大夫多与之游，然独以能琴知名。海之艺不在于声，其意韵萧然得于声外，此众人所不及也。

太宗太平兴国年间，琴师朱文济的弹琴技艺为天下第一。京师僧人夷中向朱学琴，"尽得其法"后，又将技艺传给弟子义海。得到了"天下第一"的真传，义海并不满足。为了形成自己独特的演奏风格，达到更高的艺术造诣，义海跑到越州的法华寺去研习弹琴技艺。经过十年"昼夜不释弦"的刻苦磨炼，"遂穷其妙"。沈括说，后来天下跟随义海学琴的人极多，他用了一个词，叫"辐辏"，意思是像车辐集中于轴心一样。但是，这么多学琴者，却没有人能够达到义海的境界。这种情况很让沈括感慨，他说："义海现在老了，琴的指法技艺到这儿就断绝了。"

为什么从学者都不能"臻其奥"，致使义海的技艺成为绝响呢？

沈括说："海之艺不在于声，其意韵萧然得于声外，此众人所不及也。"意思是说，义海的技艺并不在于声，他意韵萧然的琴声，是在声外得到的，这就是大家不及的地方。这和《广陵散》"于今绝矣"的原因是一样的。

172

沈括能有这样的美学思想，说明他对音乐欣赏的造诣是相当深湛的。不过，一首感人至深的乐曲，除了"文备"和"实足"，还有一个基本条件必须满足，那就是要有好的乐器。那么，究竟如何才能制作出一件"好"的乐器呢？

沈括能有这样的美学思想，说明他对音乐欣赏的造诣是相当深湛的。

怎样才能制作出一件"好"的乐器？

我们围绕古琴来说明这个问题。

古琴，也叫瑶琴、七弦琴，是中国最古老的弹拨乐器之一，是在孔子时期就已盛行的一种乐器。

据说孔子就是一位操琴高手。他跟随师襄子学琴，学到最后阶段，师襄子教了他一首琴曲。孔子弹着弹着，站起来对师襄子说："丘迨得其为人矣。近黮而黑，颀然长，旷如望羊，奄有四方，非文王其孰能为此？"意思是说，我已经知道它是歌颂谁的了。这个人长得有点黑，身材修长，有着广阔的胸襟，长远的目光，他眼光辽阔，囊括四方。若不是周文王，谁能如此啊？

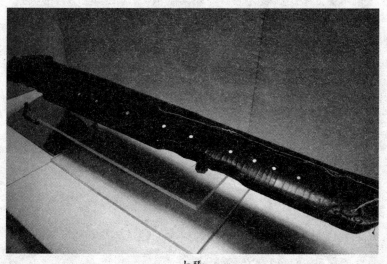

古琴

173

这个睿智的学生让老师大吃一惊，他立刻离开坐席来到孔子面前，两手交叉于胸前（表示敬意），说："君子，圣人也，其传曰《文王操》。"这话的意思，您真是无所不通的圣人，不错，我教的曲子，曲名就是《文王操》。

在古代社会漫长的历史阶段中，"琴、棋、书、画"历来被视为文人雅士修身养性的必由之径。古琴因其清、和、淡、雅的音乐品格寄寓了文人凌风傲骨、超凡脱俗的处世心态，而在音乐、围棋、书法、绘画中居于首位。沈括也是很喜欢琴的，《笔谈》中，就有多处关于琴的记载。上世纪初，为了区别于西方乐器，人们才在"琴"的前面加了个"古"字，称作"古琴"。

古代有很多名琴，其中最著名的是齐桓公的"号钟"、楚庄王的"绕梁"、司马相如的"绿绮"和蔡邕的"焦尾"，这四张琴被人们誉为"四大名琴"。我们来说一说焦尾琴的传奇故事。

焦尾琴是怎么来的呢？

这和东汉著名的音乐家蔡邕有关。有一次，蔡邕在吴地，碰到一家人正在烧桐木做饭，他就在那儿站住了。为什么呢？他听见桐木在火中的爆裂之声，"知其良木"，知道是上好的琴材，马上就向这家主人请求，把炉膛里的这块桐木给他。这家主人也很爽快，就把烧了半截的木头给了蔡邕。

蔡邕回到住处，依据这半块木头的长短、形状，制成了一张琴，然后弹奏起来，"果有美音"。不过，虽然是张好琴，但是这张琴的琴尾尚留有焦痕，"故时人名曰'焦尾琴'焉"。这就是这张名琴的来历。

蔡邕依仗自己极高的音乐素养找到了好的琴材。但是什么是好的琴材呢？蔡邕就没有说了，这个问题是沈括替他来说的。那么，沈括都有什么样的见解呢？

琴虽用桐，然须多年木性都尽，声始发越。予曾见唐初路氏琴，木皆枯朽，殆不胜指，而其声愈清。又常见越人陶道真畜一张越琴，传云古冢中败棺杉木也，声极劲挺。……琴材欲轻、松、脆、滑，谓之四善。

沈括说，好的琴材，必须要保存多年，待其木性全部脱尽，只有这样声音才能激扬优美。为了说明这个问题，沈括举了两个例子。一个例子，是他曾经见过的唐代初年路氏所制的琴，木性都已干透到将近朽了，而它的声音更加清脆。另外一个例子更加奇特，有一张越琴的琴材，"传云古冢中败棺杉木也"，居然是古墓中腐烂棺材的杉木！不过它的声音却非常刚劲有力。

具体到做琴，沈括说，琴材还要具备四个条件，即轻、松、脆、滑，这叫作"四善"。沈括的这个见解有没有什么道理呢？有的。他的这个见解十分精辟、全面。要求木质"轻、松、脆"是从有利传导振动、音质纯净优美、发音丰厚洪亮上着眼的，而"滑"，则有利于按指、换把演奏。这是沈括对古人制琴经验的全面总结，非常科学，至今仍然适用，它成为我们制作古琴的一个指导。

而沈括对音乐发展的贡献还不止于此。

沈括和一般音乐人不一样，因为他本身是一位科学家，这样，他的音乐研究就有了科技含量。在我国古代音乐发展史上，沈括是以他在音乐科技方面的独特贡献而为后人称道的。那么，沈括在音乐科技方面都有哪些贡献呢？

我们举一个例子：乐器的共振现象。

《笔谈》记载了这样一件事：

> 沈括和一般音乐人不一样，因为他本身是一位科学家，这样，他的音乐研究就有了科技含量。

175

予友人家有一琵琶，置之虚室，以管色奏双调，琵琶弦辄有声应之，奏他调则不应，宝之以为异物，殊不知此乃常理。

沈括朋友家有一样"宝贝"，什么宝贝呢？乃是一把琵琶。把这把琵琶放在空屋子里，用乐管吹奏出双调时，琵琶弦总有声音和它共鸣，不过要是奏别的调子就不发生共鸣。琵琶能自行发出声音，这是罕有的事情，所以朋友对这把琵琶视若珍宝。不过，沈括却嘲笑他了，说他"殊不知此乃常理"。那么，这是什么样的"常理"呢？

现在我们知道，这只是琵琶弦和乐管之间的一种共振现象，这就是沈括所说是"常理"。共振是自然界普遍存在的一种物理现象，不足为奇。不过，琵琶弦和乐管之间的这种共振，确实比较少见，人们经常见到的，是两张琴之间的琴弦共振。我们把两张琴放在一起，如果拨弄其中一张琴上的弦，另外一张琴上声音高低相同的那根弦，就会产生共振，发出声音。这时候，如果是正在弹奏一首曲子，那就会产生杂音，影响音质，影响对乐曲的表达。

那么，如何消除这种杂音呢？这就需要先摸清楚共振现象发生的规律。

沈括是怎么做的呢？

琴瑟弦皆有应声：宫弦则应少宫，商弦即应少商，其余皆隔四相应。今曲中有声者须依此用之。欲知其应者，先调诸弦令声和，乃剪纸人加弦上，鼓其应弦则纸人跃，他弦即不动。声律高下苟同，虽在他琴鼓之，应弦亦震，此之谓正声。

　　他剪了个小纸人，把它放在古琴的一根琴弦上，然后在另一张古琴上弹奏。当弹奏到能与之相应的琴弦时，纸人就会跳动；而弹奏其他弦，纸人就不动。通过这个简单的办法，沈括就摸清楚了两张琴琴弦共振的规律，他说，"今曲中有声者须依此用之。"意思是说，把这个规律应用于演奏当中，就可以有效地防止杂音，或者产生共鸣。

　　通过这个实验，沈括阐明了声学的共振原理，在我国音乐发展史上占据着重要的地位。在西方，直到1638年，伽利略才开始做共振实验，这比沈括晚了五百年。沈括的声学实验远远地走在了世界的前列，这是很值得骄傲的。

　　其实，共振现象早在战国时期就有记载了。沈括的贡献在于他的创新，他在世界上第一次做出了弦线共振的演示实验。他的纸人实验比其他人的清楚，易于观察辨别，让人一目了然而且极易识别出共振的弦线。沈括的方法对后代有深远影响，后来宋末元初的周密和明代的方以智都相继用小纸、羽毛等做了类似实验。至今，在中学物理课堂上，教师们还使用这个方法给学生做关于共振现象的演示实验。

　　这一讲，我们说的纸人实验，是沈括的一个创新，在《梦溪笔谈》里面，类似的创新还有很多。沈括之所以能取得那么大的成就，《梦溪笔谈》在世界科技史上之所以有那么崇高的地位，最重要的原因就是创新。那么，沈括还有哪些创新呢？请看下一讲《丰碑探秘》。

第十讲 丰碑探秘

同代人是怎么评价沈括的？

捍海塘石堤有问题吗？

沈括是怎么进行科学实验的？

　　我们知道，《梦溪笔谈》是一部百科全书。我们前面介绍了有关天文、地学、水利、制图、军事、医学、音乐等方面的一些内容，但是这些对于《笔谈》来说，只是沧海一粟，实在太少了。那么，《梦溪笔谈》到底有多少内容呢？

　　其实这对于沈括来说，可能也是一件很头疼的事，因为他这个作者的兴趣爱好也太广泛了一点。到了晚年，沈括在镇江的梦溪园，对自己一生的学术研究进行了总结，写下了26卷本的《梦溪笔谈》。后来，他还有一些心得体会，又汇成了《续笔谈》3卷，《补笔谈》1卷。所以我们现在看到的《梦溪笔谈》一共有30卷，有长长短短的笔记609条。这么多内容，如果不进行系统的整理，那读者来读《笔谈》，就只有一个字——晕。沈括该怎么办呢？

　　为了方便读者阅读，沈括按照当时的认识水平，把这些内容划分成16门，实在没办法分类的，放在一门——"杂志门"，这就有了17个门类。不过，沈括的分类还是很粗略的，从现在的角度来看，也不是很科学，所以后人又做了进一步的划分。英国的

学者李约瑟把它划分成25类，胡道静（沈括研究专家）划出了31类。由此可以看出，《梦溪笔谈》涉及的领域是多么宽广！

当然，内容丰富、领域宽广并不是《梦溪笔谈》的主要特色，因为那最多是一本"奇闻异事大全"而已。《笔谈》在世界文化和科技史上的地位，说明它一定是另有"绝招"的。

那么，《梦溪笔谈》都有哪些"绝招"呢？

同代人是怎么评价沈括的？

我们先从它的作者沈括说起。

《梦溪笔谈》既然能涉及那么多的内容，说明沈括本身就是一个非常博学的人。《宋史》上说，沈括"于天文、方志、律历、音乐、医药、卜算"这些学科门类，"无所不能"。但是《宋史》毕竟是成书于二百多年后的元代，所以这只能说是后人的评价，那和沈括同时代的人是怎么评价他的呢？

我们举一个例子。

北宋著名诗人黄庭坚是沈括的一个远房亲戚，比沈括小十几岁，他对沈括有一个间接评价。

有一次，黄庭坚看了一个叫王观复的人写的一篇文章，就写了一篇名为《题王观复所作文后》的读后感。在文中，黄庭坚说王观复的语气有点像沈括，将来写文章大概也会有沈括的风格气象。不过黄庭坚也指出，沈括"博极群书"，写文章时引用《左氏春秋传》、《汉书》中的材料，取之左右逢源，运用自如，真正称得上是一位"笃学之士"；而王观复虽然下笔不凡，就只怕读书太少。

虽然黄庭坚没有再说下去，但言下之意甚明，他认为王观复

> 《梦溪笔谈》既然能涉及那么多的内容，说明沈括本身就是一个非常博学的人。

寡学陋闻，所作的文章内容空洞，是没法与沈括相比的。从这里我们可以看出，沈括的文章与博学，是很为当时的人所称颂的。

不过，一个人再"笃学"，也总会有他不懂的地方，那该怎么办呢？

我们再举一个例子。

有一个人，叫李之仪。这个人大家可能不太熟悉，不过他有一首词，可就很有名了，词文是这样的：

我住长江头，

君住长江尾。

日日思君不见君，

共饮长江水。

此水几时休，

此恨何时已。

只愿君心似我心，

定不负相思意。

全词有如一首情意绵绵的恋歌，以长江之水起兴，构思新颖，比喻巧妙，明白如话，广为流传。写出这样缠绵悱恻恋曲的李之仪，他的感情世界也是很细腻的。他和妻子的感情很好，后来妻子不幸亡故了，李之仪很悲痛，就给妻子写了一篇墓志铭，把妻子好好颂扬了一番。他说，自己的这位夫人，博学多才，尤其擅长算术。就连沈括都要向她求教。

沈括怎么和李夫人扯上关系了呢？据李之仪自己说，他和沈括是"少相师友"，关系很深。李之仪的这样一位精通算学的妻子，沈括非常钦佩。沈括每有疑问，都要通过李之仪向他的妻子请教。沈括甚至称赞这位女才子说："得为男子，吾益友也。"

李之仪是借沈括来盛赞他的妻子，表达一种思念之情的。他这么做说明什么呢？起码说明三个问题：第一，沈括够分量。也就是说，沈括有相当的地位和社会美誉度，这样才能让亡妻和自己有面子。第二，沈括够才情。沈括是当代数学大家，他还要向亡妻求教，这就衬托出妻子的才华；这也同时反衬出沈括在当时确实是以博学闻名的，是一位"笃学之士"。第三，沈括够谦逊。在封建时代，女子是没有什么社会地位的。我们听说过哪位大师向女人求教的？但是沈括就不是这样，凡是有真才实学的，无论是士大夫，是草根，还是女人，他都会虚心求教，这是沈括得以成功的一个重要条件。

颂扬的话多了，我们也来听听来自反面的声音。有人就批评了沈括，这个人是谁呢？

他叫张耒。这个人我们前面说过，他和黄庭坚等人合称为苏门四学士，是苏轼的得意门生之一，比沈括小二十几岁。这个张耒说沈括迂腐，不仅迂腐，而且是"非常迂腐"。那这是怎么回事呢？

张耒写过一本《明道杂志》。在书里面，张耒说沈括博学多能，对天文、历数、钟律、壬遁，皆极尽其妙，尤其擅长算术。——这是一些颂扬的话。不过话锋一转，这个张耒就开始八卦起来了。他说，沈括这个人非常喜欢下棋，但棋艺不高，是个臭棋篓子。棋艺不高，可以访高人拜名师呀？但是沈括没有这么做，而是写了一部专著，想用算术之学来研究棋局的变化。这和下棋有什么关系呢？所以张耒觉得沈括这么做没什么意义，嘲笑他迂腐。

张未说的棋，指的是围棋，可不是象棋。在古代，琴棋书画是一个士大夫必备的修养。沈括博学多才，无所不能，可偏偏就是下不好围棋，这也是一件很奇怪的事情。很多人讥笑他，沈括也引为终生憾事。直到多年以后，沈括在写《笔谈》的时候，他记载了这样一位人物：林逋。

林逋是北宋初年著名的隐逸诗人，终生不仕不娶，死后宋仁宗赐谥"和靖先生"。他平生唯喜植梅养鹤，自谓"以梅为妻，以鹤为子"，人称"梅妻鹤子"。这个人"高逸倨傲"，是既高雅超逸，又显得傲慢，在当时的士大夫阶层享有很高的声誉。

沈括描写了这位前代贤人的隐逸生活：

> 林逋隐居杭州孤山，常畜两鹤，纵之则飞入云霄，盘旋久之，复入笼中。逋常泛小艇，游西湖诸寺。有客至逋所居，则一童子出应门，延客坐，为开笼纵鹤，良久，逋必棹小船而归，盖尝以鹤飞为验也。

林逋养了两只鹤，这就是他所谓的"鹤子"了。放出两鹤，它们就飞入云霄，盘旋很久之后，再进笼子里。这两只鹤有信号兵的作用。林逋出门了，如果有客人来访，鹤童请客人坐下，再打开笼子放鹤出去。两只鹤飞到空中，林逋远远看到鹤在空中盘旋，就会回来待客。——这是多么让士大夫们羡慕的隐士生活呀！

接下来，沈括笔锋一转，说林逋"多所学，唯不能棋"。他也下不好棋。林逋跟人说："逋世间事皆能之，唯不能担粪与著棋。"挑粪指的是做农活，过去士大夫是不下地的，林逋话里的意思是说，他世上的事都会，只是不会做农活和下棋。

沈括记下林逋的事，实际上是自嘲：既然前代的贤人都是这样，我沈括下不好棋，那也不是很奇怪的事吧。

虽然下不好棋，沈括却想把围棋的局数给算出来。这件事情可不是张耒所说的迂腐了，而是一个很有意义的数学问题。

围棋和象棋不一样。人们下象棋，时常会有重局，也就是两盘棋会一模一样，特别是经过兑子进入残局阶段，重局就会经常出现。但是围棋棋局千变万化，自古以来就没有出现过两局相同的棋局。那么，围棋的总局数会有多少呢？这是一个很难解决的问题。沈括说："唐僧一行曾算棋局都数，凡若干局尽之。""都数"就是总数的意思。唐朝僧人一行曾经计算过围棋的总局数，算了一部分就没办法算下去了。为什么呢？因为棋局数目太大，不是世上的数字可以表达出来的，所以即便像僧一行那样的大师也只得半途而止了。沈括发挥他非凡的智慧，运用多种数学方法，经过长期庞大的推演，他得到了一个围棋的总局数：3^{361}局。现在来看，这个结果是基本正确的。而3^{361}这个数字有多大呢？如果你真的把它算出来，这个数字长达173位！绝对是一个天文数字。尤其值得一提的是，沈括在计算的时候，他不自觉地运用了指数定律。远在九百年前，这是一个了不起的成就。所以沈括很得意，他说："千变万化，不出此数，棋之局尽矣。"棋盘上可能布置出的局面是千变万化的，但是这个数目已经包括尽可能有的局面了。你们都说我棋下得不好，可是我数学好，把棋局总数都算出来了，这总可以弥补一点不足了吧？

沈括还用数学做过另一件很"迂腐"的事情。

元丰三年（公元1080年），沈括被宋神宗任命为鄜延路经略安抚使，参加了对西夏的战争。次年，北宋出兵五路，全线进攻。在战役初期，宋军连连告捷。但是随着军队深入西夏境内，战线

> 尤其值得一提的是，沈括在计算的时候，他不自觉地运用了指数定律。远在九百年前，这是一个了不起的成就。

拉长，后勤保障成了问题。

这时候，沈括的"迂"劲上来了，他用数学算了一下军粮的运输问题。

沈括是按一个民夫"负米六斗"来计算的，这可能是当时人力运输的极限。他算到："人负米六斗，卒自携五日干粮，人饷一卒，一去可十八日；若计复回，只可进九日。"也就是说，除去运粮人自己所需，一个民工只能供应一个士兵十八天的口粮；若考虑军队来回的时间，一位民工所负粮食只能维持九天。照此推算下去，"若兴师十万，辎重三之一，止得驻战之卒七万人，已用三十万人运粮，此外难复加矣。"一支十万人的军队，需要抽调三万人来押运辎重，真正可以用于作战的，大概只有七万人左右，而运粮的民夫却要达到三十万之众！

这个计算结果，让沈括自己也吓了一跳：原来决定战争胜负的，还有一个后勤保障问题！那怎么办呢？沈括认为，如果宋军单纯依靠自己运粮，不但花费巨大，而且军队也难以远距离作战。他把孙子"因粮于敌"的思想发展了一下，提出了"凡师行，因粮于敌，最为急务"的观点。沈括认为，行军作战，设法从敌人那里取得粮食给养，是最要紧的事情。他依据这个观点，提出了自己的一些建议，上报朝廷。但是很可惜，他的建议并没有被采纳，宋军继续向西夏的腹地推进，终因粮草不济而陷入困境。

那么，沈括的"迂腐"说明了什么呢？一个人的脑力是有限的。如果这个领域你可以做好，那么不妨不耻下问，精益求精，把它做深做透。如果怎么都做不好呢？那不妨就绕开它。这时你就会发现，有更广阔的空间让你去发挥自己的才干，这就开拓了你的学术空间——这是一种学术思路的创新。我们看《梦溪笔

谈》，就会发现这样的例子是很多的，它在"专"的地方非常精深；而在"不能专"的地方，却又可以做到非常广博，另有创见。可以说，兼具"精深"和"广博"，这是《笔谈》成功的一大"绝招"。

那么，《梦溪笔谈》还有没有其他的"绝招"呢？

捍海塘石堤有问题吗？

有。我们再说一个。

《梦溪笔谈》非常严谨踏实。

"严谨踏实"也能算是"绝招"吗？当然。由于传统文化的一些影响，古代很多文人士大夫是比较粗疏的，不够精细，这就使得他们对事物的认识往往流于表面现象；而他们在写作的时候，又常常会来一点"即兴发挥"，这就使得他们的文章出现不少错误，甚至是低级错误。而《梦溪笔谈》那么多则笔记，这样的问题却很少出现。

我们来举一个例子。

《梦溪笔谈》里面记载的一则水利方面的资料。

　　钱塘江，钱氏时为石堤，堤外又植大木十余行，谓之"滉柱"。宝元、康定间，人有献议，取滉柱可得良材数十万，杭帅以为然。既而旧木出水，皆朽败不可用，而滉柱一空，石堤为洪涛所激，岁岁摧决。盖昔人埋柱，以折其怒势，不与水争力，故江涛不能为害。杜伟长为转运使，人有献说，自浙江税场以东，移退数里为月堤，以避怒水。众水工皆以为便，独一老水工以为不然，密谕其党曰："移堤则

> 我们看《梦溪笔谈》，就会发现这样的例子是很多的，它在"专"的地方非常精深；而在"不能专"的地方，却又可以做到非常广博，另有创见。

187

岁无水患，若曹何所衣食？"众人乐其利，乃从而和之。伟长不悟其计，费以巨万，而江堤之害仍岁有之。近年乃讲月堤之利，涛害稍稀。然犹不若幌柱之利，然所费至多，不复可为。

我国的杭州湾由于地理原因，形成了闻名于世的钱塘江海潮。每当海潮兴起，潮头高达十多米，它们汹涌澎湃，怒涛滚滚，具有排山倒海的气势和无坚不摧的力量。从汉魏以后，钱塘观潮就成为一种习俗。相传农历八月十八日，是潮神的生日，故潮峰最高。苏轼观潮后，还写下了"八月十八潮，壮观天下无"的诗句。海潮一方面是雄壮的自然景观；但另一方面它又摧毁堤岸，成为危害人民生命财产的灾祸。

从五代开始，人们就筑堤以抵御海潮的袭击。吴越王钱镠用竹笼装石筑堤，这就是捍海塘石堤，他还命人在堤外打下十余行木桩，称为"滉柱"（现在一般叫"深水桩"），这是一个很重要的技术发明，可以有效减小海潮的冲击力，保护岸堤。因为有滉柱的保护，尽管常年受潮水冲击，大堤一百多年来依然安然无恙。

钱塘江大潮

　　到了宋仁宗年间，有人盯上了这批滉柱，建议把它们从水中取出来，这样就可以得到几十万上好木材。当时的杭州地方长官觉得很有道理，就下令拔木取材。可是结果呢？这些滉柱经过百余年的浸泡，全都朽烂不能用了。但是，滉柱取出以后，海潮没有阻挡，直接冲击大堤，石堤被波涛冲击，"岁岁摧决"，海潮又成为新的问题。

　　新的问题出来了，不能不解决，新任的地方长官杜杞下决心要治理好大堤。

　　有人给他提建议：把大堤退后几里修筑一道半月形的石堤，"以避怒水"，这样大堤就不会被潮水冲垮了。杜杞觉得很有道理，就把水工们召集来，让他们讨论讨论。

　　应当说，这个建议是科学的，所以，大多数水工都认为这个办法可行，只有一个老水工认为不可。为什么呢？他私下里对同伴们说："移堤则岁无水患，若曹何所衣食？"这话的意思是说，移修堤坝每年就没有水患了，你们靠什么穿衣吃饭？这一下提醒了大家，事关自己的福利，私心作祟，所以大家又纷纷表示反对。

　　杜杞没有治水的经验，见大家都反对，就认为修建月堤的建议不行，结果上了水工们的当。官府每年将大批的钱财花在原来的大堤上，"而江堤之害仍岁有之"。

　　直到沈括著述《笔谈》的那阵子，月堤大概才修好，江涛的危害渐有减小。但是沈括认为，月堤还不如立幌柱的办法好，可是滉柱花费钱财太多，不可能再修建了。

　　以上是沈括在《笔谈》中的记载。

　　同样是捍海塘石堤，大文豪苏轼也写了一份材料，他是怎么说的呢？

苏轼写过一篇《乞相度开石门河状》。他在文章里说，在一个叫张夏的人担任杭州地方官的时候，才开始用石头来修筑大堤。他的治水成绩很好，大堤修好以后，"四五十年，隐然不动，虽时有缺坏，随即修完，人不告劳，官无所费"。苏轼所说的这个张夏确实曾经采石修堤，而且颇有政绩。当地人为了纪念他，特地为他立祠表功。而就在他离任后不久，滉柱就被拔出，水患随之而来。

苏轼的这篇文章和《梦溪笔谈》的成书时间大体相当。他们两人，苏轼曾两度在杭州为官，沈括则是地地道道的杭州人，他们对杭州的情况应该都是比较熟悉的，为什么两人的记载差距会这么大呢？他们到底谁错了呢？

结合其他的史料，我们可以断定：苏轼记错了，而且错得很厉害，可以说是一塌糊涂。那他都错在哪儿呢？

苏轼有三点错误。第一点，采石修堤最初是吴越王钱镠，而不是那个张夏，苏轼把发明人给弄错了，两人相差差不多一百年。第二点，滉柱被取出后，大堤年年损坏，情况十分严重，而不是苏轼所说的"四五十年，隐然不动，虽时有缺坏，随即修完"。第三点，当地政府为了修堤，花费巨大，怎么可能"人不告劳，官无所费"呢？可以说，苏轼关于捍海塘石堤的史实记载是完全错误的。

一个当代文豪，又是文坛领袖，怎么会犯这么低级的错误呢？

在苏轼写文章的时候，月堤已经开始修建了，海潮的危害有所减少。苏轼既见涛害减少的现状，又见人们曾为张夏立祠纪功，便想当然地将一切功劳都归到他的头上；并且也是想当然地描述了捍海塘石堤的一些情形。

我们再来看看《笔谈》中的另一则笔记。

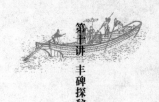

熙宁九年，恩州武城县有旋风自东南来，望之插天如羊
角，大木尽拔。俄顷，旋风卷入云霄中。既而渐近，乃经县
城，官舍民居略尽，悉卷入云中。县令儿女奴婢，卷去复坠
地，死伤者数人。民间死伤亡失者不可胜计。县城悉为丘
墟，遂移今县。

熙宁九年（公元1076年），恩州武城县突遭龙卷风袭击。龙
卷风的成因与小区域的气压差异有密切关系。由于局部地区气压
差别很大，空气急速对流，产生了空气旋涡，从而形成从天空垂
挂到地面的漏斗状云柱，并伴随着异常强烈的旋风。漏斗状云内
气压很低，因此具有很强的吸吮作用，它常把大量的水、尘吸附
到空中，构成巨大的水柱或尘柱，"望之插天如羊角"，所以人
们又称它为羊角风。

龙卷风具有极大的破坏力，可以把经过之处的人畜、器物等
卷入空中，造成严重的灾害。笔记中说，龙卷风所过之处，"大
木尽拔"，官家和百姓的房屋被一扫而空，全都卷入云中。大风
带来了巨大的人员损失，县官的儿女和奴婢被风卷去又从空中摔
下落地，死伤者多人；民间死伤丢失的人不计其数。灾害的最后
结果是，县城完全变成一堆废墟，不得不迁到其他地方。

灾害发生的时候，沈括正在汴京担任三司使一职，得知这场
大风造成的严重灾害之后，立即开始认真细致的调查，所以这则
笔记实际上是沈括的调查报告。在文中，沈括真实地描述了龙卷
风的过程以及所造成的灾害，这是我国历史上关于龙卷风的首次
记录。

而同样是这一场大风,别人是怎么记述的呢?

后世的史学家李焘,在他著名的《续资治通鉴长编》里写下了这样一段话:"恩州武城县大风,坏县廨,知县李愈妻姚氏、主簿寇宗奭妻之母杨氏以压死。赐愈、宗奭绢五十匹。"究竟是什么样的大风,居然可以"坏县廨"?除了县廨,其他地方有没有受到大风侵袭?大风有没有带来其他的人员和财产损失?我们都无从得知。所以,李焘只是记录下了这一件事以及朝廷所采取的善后措施,没有给我们留下什么有价值的信息。

我们由此可以看出沈括和一般文人士大夫的不同:他非常严谨,在写作上带有很多考据的性质,言必有据。这其实就是一位科学家的特点。而《梦溪笔谈》所记载的内容因此也就具有了极高的可信度,成为后人研究当时社会的重要资料。

当然,如果仅仅是"严谨踏实",那还是远远不够的。因为具有这样特点的著作,在古代也有不少。《梦溪笔谈》能够超越它们,在于它能另辟蹊径,有所创新。这就有了《笔谈》的第三个"绝招"——科学实验。

沈括是怎么进行科学实验的?

应当说,古代中国人并不缺乏科学精神,这使得他们有无数的发明和创造,其中一些科技成果,如"四大发明",深刻地影响了世界文明的发展历程。

但是,古代中国人的这些发明创造,往往是在经验积累的基础上进行的。他们还不能通过做实验的方法,来观察和总结事物的客观规律,进而上升到理性思维的高度,用这些理性的认识,来推动科技的发展。这是我国古代在科技方面存在的一个很大的缺陷,也

> 我们由此可以看出沈括和一般文人士大夫的不同:他非常严谨,在写作上带有很多考据的性质,言必有据。这其实就是一位科学家的特点。

是近代以来我们的科学技术被西方人超越的一个重要原因。

由于经验主义的传统，所以古代中国人很少有人想到去做科学实验。但是这也有例外，例如沈括。沈括不仅想到了，而且做了很多科学实验。这种科学方法上的创新，使得《梦溪笔谈》充满了创造力，取得了大量崭新的科技成果。

我们举一个例子，就是沈括做的阳燧成像实验。

沈括不仅想到了，而且做了很多科学实验。这种科学方法上的创新，使得《梦溪笔谈》充满了创造力，取得了大量崭新的科技成果。

> 阳燧照物皆倒，中间有碍故也。算家谓之"格术"，如人摇橹，臬为之碍故也。若鸢飞空中，其影随鸢而移，或中间为窗隙所束，则影与鸢遂相连，鸢东则影西，鸢西则影东；又如窗隙中楼塔之影，中间为窗所束，亦皆倒垂，与阳燧一也。阳燧面洼，以一指迫而照之则正，渐远则无所见，过此遂倒。其无所见处，正如窗隙、橹臬、腰鼓碍之，本末相格，遂成摇橹之势，故举手则影愈下，下手则影愈上，此其可见。（阳燧面洼，向日照之，光皆聚向内。离镜一二

阳燧雕塑

寸，光聚为一点，大如麻菽，著物则火发，此则腰鼓最细处也。）……（《酉阳杂俎》谓"海翻则塔影倒"，此妄说也。影入窗隙则倒，乃其常理。）

我们先来说说"阳燧"。阳燧就是凹面镜，这是咱们中国人的发明。古人发明这个东西干嘛用呢？阳燧是用来取火的。古人取火最初利用自然火种，继之是摩擦取火和燧石取火，再进一步，则是利用太阳能取火。到了周代，我国人民发明并使用了"阳燧"，即凹面镜。古人为什么把凹面镜叫作阳燧呢？先民称取火的工具为燧，所以"阳燧"的意思就是利用太阳光来取火的工具。在西周的时候，政府有专门负责以阳燧取火的官员，在祭祀的时候，把阳燧取出来，对着太阳，很快就能得到火种。这种仪式是很神圣的，有点像我们现在奥运会开幕前采集圣火的那幕场景。

阳燧的作用，是把太阳光聚到一点，也就是焦点，然后形成高温，把火种点燃。那么这个焦点在什么位置呢？古人没有准确的定位，所以在用阳燧取火的时候，只好在阳燧前面去摸索，找准了，火种很快就能燃烧；找不准的话，火种就不能燃烧，还得去摸索。沈括经过他的实验，发现"离镜一二寸，光聚为一点，大如麻菽，著物则火发"。就是离开镜面一二寸的地方，阳光聚为一点，像芝麻、豆子那样大小，把东西放在那儿火就会着起来。他找到了这个焦点的具体位置，把它命名为"碍"。

沈括继续他的实验。实验是这样的："以一指迫而照之则正，渐远则无所见，过此遂倒。"他把手向上放在凹面镜前面，在凹面镜上也能看到手的成像。他把手逐渐远离，到了"碍"这个地方，就看不见手的成像了。再继续远离，手的成像又出现了，不过不是向上的，而是向下的，也就是说，在凹面镜上呈现了手的倒像。在这一试验中，沈括论证了物体在凹面镜焦点内、焦点上和焦点以外成像的重要规律。

凹面镜成像的现象，早在战国初的《墨子》中就有记载。沈括的贡献在于他的实验，他用手指当物，对这些现象做了精审的观察，并把它记录下来。这充分反映了他科学实验的精神和细致入微的观察力，也表明他对凹面镜的成像原理已经有了比较理性的认识。而在西方，直到十三世纪，才由英国人培根磨制出第一块凹面镜，这比沈括已经晚了二百多年，更不用说做成像实验了。

这则笔记中还提到了沈括的另外一个实验：小孔成像。

实验是这样的："若鸢飞空中，其影随鸢而移，或中间为窗隙所束，则影与鸢遂相违，鸢东则影西，鸢西则影东。又如窗隙中楼塔之影，中间为窗所束，亦皆倒垂。"这里讲的鸢，指的是纸鸢，也就是风筝。我们来解释一下这个实验。沈括先是直接观察风筝移动，这时影子移动的方向是和风筝飞的方向一致的。然后，他把窗纸穿了一个小孔，让光线照到风筝身上，再穿过窗孔照在室内的墙壁上，这时再看影子和风筝飞的方向，便恰好相反了：风筝原来向东，影子便向西；风筝向西，影子便向东。沈括还做了其他的实验，比如窗外的楼塔等物，光线穿过窗上小孔时，所成的影子也是颠倒的。几次实验验证以后，他将实验的结果记录了下来。

《墨子》里面也记载过小孔成像，这是世界上最早最系统的文献记录，已经达到很高的水平。沈括对前人的研究进行了继续和深入的探讨，他用纸鸢和楼塔等物，做了多次实验，得出了小孔成像的规律。虽然他对小孔成像的基本原理还不能科学解释，但就当时的科学技术水平来说，已经是难能可贵了。

我们再说第三个实验，凸面镜成像。

第一讲 丰碑探秘

这充分反映了他科学实验的精神和细致入微的观察力，也表明他对凹面镜的成像原理已经有了比较理性的认识。

195

古人铸鉴，鉴大则平，鉴小则凸。凡鉴洼则照人面大，凸则照人面小。小鉴不能全观人面，故令微凸，收人面令小，则鉴虽小而能全纳人面。仍复量鉴之小大，增损高下，常令人面与鉴大小相若。此工之巧智，后人不能造。比得古鉴，皆刮磨令平，此师旷所以伤知音也。

在我国，制造铜镜的历史至少可以追溯到商周时代，而且制镜工艺在以后历代不断改进，制出的铜镜更加精巧。例如，他们在制镜的时候，镜面大就做成平的，镜面小就做成微凸的，这是为什么呢？

沈括就把大镜子、小镜子拿来，反复比对，仔细观察，这样他就有了发现："凡鉴洼则照人面大，凸则照人面小。小鉴不能全观人面，故令微凸，收人面令小，则鉴虽小而能全纳人面。"他的发现是这样的：凡是凹面的镜子照出来的人脸就大，凸面的镜子照出来的人脸就小。小的镜子不能照出人脸的全貌，所以让它稍微凸起，使照出的人脸形缩小，那么镜子虽然小也能"全纳人面"了。现在汽车上的后视镜、拐弯路口所立的凸镜，都是利用这个原理，来扩大我们的视野范围。

那么，古人是怎么去做这种凸镜的呢？沈括推测，他们在铸镜时，要根据镜面的大小来决定镜子的凸凹程度，要让照出来的人面孔与镜子的大小相当。不过，这种铸镜工艺当时已经失传了，以至于人们对"凸则照人面小"感到十分诧异，得到这样的铜镜后，总是想方设法将它磨平。沈括能从镜子的大小与它的曲度关系来反推铸镜工艺，在当时是一件很了不起的事情，这无疑是他严谨细致的实验和观察的结果。

沈括能从镜子的大小与它的曲度关系来反推铸镜工艺，在当时是一件很了不起的事情，这无疑是他严谨细致的实验和观察的结果。

梦溪园

这一讲，我们说了《梦溪笔谈》在学术思路、治学态度和科学方法上的三大"绝招"。当然，《笔谈》还有其他的"绝招"，有待我们进一步去总结。正是因为有了这么多的"绝招"，所以《梦溪笔谈》才在世界文化和科技史上，取得了那么重要的地位。

英国的学者李约瑟说，沈括是"中国整部科学史上最卓越的人物"，——这是后人用现代的眼光给沈括的一个崇高的评价，对他所做的科研工作也给予了高度的肯定。而沈括所著的《梦溪笔谈》，也因其在自然科学方面所取得的那个时代空前的成就，被誉为"中国科学史上的坐标"。

现在在沈括的故居梦溪园有这样一副对联：数卷奇文物态天心匀翠墨，一钩初月南航北驾为苍生。这副对联，表达了当代人对沈括的赞颂和深深的感恩之情。如今，沈括和他的《梦溪笔谈》已经化为一座丰碑，竖立在一千年前的宋代，向每一个回望者诉说着古代中国人的天赋和智慧，激励着我们每一个后来者去努力钻研、不断创新，去开创我们民族文化新的辉煌！

后记 走·路

校完《千年一笔谈》的初样，我长长地嘘了一口气，一股惆怅袭来，我有一种想哭的冲动。

我是一个愚拙的人，——这不是谦词，而是实事求是，所以我做事总比别人费点力。

举个例子吧。考高中的时候，我没有考上重点，我知道，是一道化学题做错了。这道题在参考资料上出现过，我做了，还把答案都背了下来，可谁知道，答案居然是错的呢？

过了几年，该考大学了。当时，我所在的中学第一次开文科班，我是文科班里成绩最好的。父母的希望、学校的希望和我自己的希望聚在一起，却在高考之后落了空，我离本科分数线差了2分。当时有一个"定向"的规定，现在大家可能不太知道这项制度了，就是师范类院校可以对签约毕业后到老少边穷地区工作的考生，降分录取。因为这项政策，我才连滚带爬跨进了安徽师范大学的门槛。

数年后，我考研究生。要考的专业录取五人，我是第六名，排在前面的一位因为某种原因不上了，我这才跌跌撞撞进了合肥

工业大学。研究生别人读三年，我读了四年，才马马虎虎毕了业。

研究生毕业了，又去考博。我冒冒失失选了一个专业，连考两次，才笨笨磕磕进了中国科学技术大学。这个专业叫科学技术史，是个理工科专业，文科出身的我就读，可就费了老鼻子劲。人家读三、四年，我一直折腾了七年多才熬出头。

毕业这年，我已年届不惑。不惑就是不疑惑，可是四十岁的我却还满脑门子问号。

记得多年前，有一位叫潘晓的作者，在《中国青年》上发表了一篇《人生的路啊，怎么越走越窄》。这篇文章在当时很有名，曾经引起广泛争议。记忆中的我，好像也在班级的发言里，狠狠地批评了作者，博得了一片掌声。掌声过后，四十岁的我，站在人生的十字路口，却也有着和潘晓一样的困惑。

2001年，我正儿八经地当上了一名高校教师。由于一些学生的传统文化和科学素养比较差，为了教好他们，于是我想走一条文化和科学普及的路。后来读了科技史的博士，倒是给了我走这条路的勇气。这些年来，我研读了《西游记》、《梦溪笔谈》、《洗冤集录》、《天工开物》等书，这些书都是世界级的大书，都是应该向大家推介的好书。还有四大发明，这四个让国人引以为傲的伟大成就，究竟是怎么回事呢？但是，对它们的研究和介绍，要么太深了，让人看不懂；要么就太浅了，没有抓住精髓。能不能有一条既能融合学界的成果又符合大众新口味的路径呢？我觉得这条路应该有人去走，也肯定能做出一点成绩。

只是这条路太难走了，它似乎不是一个大学老师该干的事情。我得不到必要的科研经费资助，也找不到听众。我的同学、朋友和同事，做学问的有的评了教授，去赚钱的也有了不少进

账，可我还是一无所有。不仅如此，"尸位素餐"的我，还遭到不少白眼和冷遇。我的人生该怎么办呢？后半生的路该怎么走呢？

我有点不服气。愚拙不是白痴，——要真是白痴，那也不会有什么想法了。我知道自己唯一的长处：能吃苦，肯拼命干。我在合工大和科大有点小名气，不过这可不是什么好名声，而是一组数字：我的博士开题报告，做了二十三遍；获取博士学位必须发表的两篇"重量级"论文，各修改十遍；博士论文也修改十遍；读博总共用时七年零两个月。事后想想，如果其中任何一次我放弃了，也就不会有今天了。只是我也付出了"惨重"的代价，我的眼病从此落下，可能今后将伴我终生。

只是这唯一的长处能否改变我的人生呢？

大概两年前，一次偶然的机会，我和《百家讲坛》的一位编导联系上了，她叫马晓燕。这位马老师，温柔、睿智，而且极有耐心，她可以说是我人生路上的一位贵人。马老师告诉我，要想上《百家讲坛》，要先学会在镜头前流畅地表达。

妻子于是架起小相机，来拍摄我演讲的视频。我怎么也想不到，自诩在课堂上潇洒自如的我，在镜头前却怎么也"帅"不起来。只觉得嘴也张不开了，眼也没地方瞧了，手也没地方摆了，腿也发抖了。自然，这第一次的半小时录像很失败很失败。我很沮丧。

妻子关掉相机，来到我身边，轻轻地拍拍我的肩，微笑着说："没关系，休息一下，我们再来。"看着她，我突然来了精神，于是开始录第二遍，果然好多了。然后又录了第三遍，第四遍，……

我把比较好的几段，在网上传给马老师。她看后提出了几条

注意事项，于是我又开始练习。这中间往返多少次已经不记得了，不过我记得自己练习的次数：七十三遍。当我把最后几次的录像传给马老师时，她没有再说什么，——这一关算是过了。

接下来是磨合选题。其实我一开始申报的，是一个关于《西游记》的选题。我花了五年时间，写了一部关于《西游记》的书稿，八十一章三十四万字，其中有不少自己的观点。我觉得讲《西游记》，可能观众会更喜欢；并且当时《百家讲坛》还没有人讲《西游记》，算是补缺补差吧。

不过马老师认为不妥，主要原因可能是太长了，我这个新手不太容易把握。最终，她帮我确定了这个关于《梦溪笔谈》的选题，后来定名为《千年一笔谈》。主要讲的，是关于《笔谈》自然科学方面的内容；这对于《百家讲坛》来说，也是一次新的尝试。

不过，要把《梦溪笔谈》的内容写成讲稿可不容易。博导知道我要上《百家讲坛》，很高兴，交代我"不要出错"。学术上"不出错"，我大体可以做到。我搜集了三百多篇论文，我在《千年一笔谈》里讲的，凡是定性的东西，一定有一篇以上的学术论文作为支撑。但是，怎么把《笔谈》中那么多学科门类的科学知识，讲得浅显易懂呢？

这可让我很踌躇。我写"天文历法"，一开始就是把科大对沈括天文学成就研究的有关内容编写进去，但是写到一半，就放弃了。因为那怎么看，都是科研成果汇编，而不是一篇讲稿。后来我想了一个办法：我写一段，就读给妻子听，如果她听得津津有味，或者向我提问，就用；如果她听得迷迷糊糊，或者干脆睡着，就重写。为了吸引她，《西游记》、《三国演义》、《水浒传》中的故事，也被陆陆续续写进了讲稿。妻子有孕在身，据她

说，孩子听到我读稿子，会在肚子里动，——这就是我家的胎教了。

写好的稿子，还要传给马老师，请她提提意见，然后再修改。就这样，每一讲大概都修改了十次，全部十讲修改了百余次。因为长时间高强度用眼，还曾经短暂失明过一次。

那一天，应马老师邀请，我到北京试讲。站在深蓝色的背景之前，面对着高高低低的镁光灯和摄影机；下面是《百家讲坛》的听众，眼前是耀眼的灯光，这一刹那，我确实有点紧张。旋即，我又平静了下来。我做了那么多努力，做了那么充分的准备，我怕什么？我紧张什么？不知怎的，我找回了在课堂上的那种感觉，轻咳一声，开始讲我的课。在讲坛上都讲了些什么，现在不记得了。下了讲坛，马老师微笑着迎接我，她对我说了这样一句话："钱老师，要不你回去准备后面的稿子？"——我知道，我成功了。

后来，录像的第一、二讲合并，被制作成九讲的系列讲座。《千年一笔谈》在2012年春节播放的时候，爱女雪晴刚刚出世十天。妻子抱着她看我的节目，小家伙听到声音，瞪着眼睛瞅着电视机里的爸爸，眼睛居然眨也不眨。我的宝贝，《千年一笔谈》的第一位听众，这声音，你熟悉吗？

十年的困顿和摸索，两年磨剑。这一段人生历程，对于我来说，一是找到了一条属于自己的路，二是获取了在这条路上走下去的信心。

上了《百家讲坛》，我未必就是什么"家"。我也没有什么诀窍，没有什么秘密，更不要谈什么"学识渊博"。我有的，只是一个字，"干"；或者再加一个字，"苦干"；也可以再加一个字，"拼命干"。

　　我很欣赏蒲松龄的一副对联，抄录下来，和大家共赏。对联是：有志者，事竟成，破釜沉舟，百二秦关终属楚；苦心人，天不负，卧薪尝胆，三千越甲可吞吴。

　　责编陈丹丹女士要我写一个"后记"。可是，校完《千年一笔谈》的初样，我却写下了上面这一大段并不靠谱的文字，既不严谨，也欠考量，但是却很真实。谨以这一段真实的记录，献给关心、爱护和帮助过我的人！

钱　斌

2012年3月于合工大

感谢冯燕、李全举、李鹰、聂鸣、沈达、完权、王琼、王子瑞、杨兴斌等

为本书提供相关图片